U0104181

文學研究叢書

文學新視域

余崇生　著

目次

張衡〈兩京賦〉析論[*]

一　張衡多產作家

　　張衡（78-139），字平子，南陽（河南省）西鄂人（南陽縣北），少時善屬文，游於京師，他是漢代一個人格高尚學問淵博，反迷信，提倡科學的重要思想家，永元中，舉孝廉不行，連辟公府不就，時天下承平日久，自王侯以下，莫不踰侈，張衡乃擬班固兩都，作兩京賦，因以諷諫，精思傅會，十年乃成。我們知道張衡在漢代是位相當多產的作家，與司馬相如、揚雄、班固被稱為賦壇四傑，然而關於張衡的賦作品到底有多少？確實的篇數不可獲悉！但是留存後世可查考者有：〈東京賦〉、〈西京賦〉（又合稱兩京賦）、〈思玄賦〉、〈思歸賦〉、〈定情賦〉（殘）、〈鴻賦〉（殘）、〈羽獵賦〉（殘）、〈觀舞賦〉（殘）、〈天象賦〉、〈溫泉賦〉、〈南都賦〉、〈歸田賦〉、〈髑髏賦〉、〈冢賦〉（古文苑）、〈扇賦〉（殘）、〈應間〉、〈逍遙賦〉及〈敘行賦〉等，在以上所列舉的作品中，張衡最早完成的作品為〈溫泉賦〉，其寫作年代為東漢永元七年（95）當時作者約十八歲左右，至於最晚寫作的作品則為〈歸田賦〉，東漢順帝永和三年（138），時年六十一歲，也就是他在逝世前一年的作品。

　　以上我們大致瞭解了張衡的寫作歷程之後，接著擬想對張衡構思十年而完成的〈兩京賦〉作分析與探討。

[*]　原載《孔孟月刊》32卷12期（總384期）（1994年8月），頁20-23。

二 〈兩京賦〉的創作背景

〈兩京賦〉是張衡在班固死後五年開始寫作，前後花了十年的時間才完成，這時他是三十歲，也正好是安帝永初元年（107）。張衡寫作〈兩京賦〉的主要動機是「時天下承平日久，自王侯以下，莫不踰侈」（《後漢書》〈張衡傳〉），他見到上流支配階層的無限奢侈，而擬仿班固的〈兩都賦〉的作法加以諷諫，從自己的故鄉南陽到長安、洛陽之間，就其實際所見所聞王侯豪族的繁華，在親自的體驗下有所感而開始構思寫作這篇〈兩京賦〉，關於這點在《藝文類聚》卷六十一中亦有如此的記載，云：

> 昔班固睹世祖遷都於洛邑，懼將必踰溢制度，不能遵先聖之正法也，故假西都賓盛稱長安舊制，有陋洛邑之議，而為都東主人折禮衷以答之。張平子薄而陋之，故更造焉。

張衡寫作〈兩京賦〉的靈感雖來自班固的〈兩都賦〉，但是我們詳細探析，其寫作背景則似乎應受其他因素所影響，我們知道在漢初七十多年的政治和經濟放任政策，百姓賦稅減輕，國家各方面都是一片繁榮景象，武帝、宣帝繼承了這一大業，在這期間興建了甘泉、建章和上林等雄偉壯麗的宮殿外，並且縱情酒色犬馬，田獵巡遊，當時的一般文人作家或寵臣也借機歌功頌德，投君主之所好，但是，在張衡的作品內容上則與司馬相如、班固等人的作風卻有所不同之處，例如張衡在〈兩京賦〉中借安處先生的口吻勸戒執政者云：

> 乃羨公侯卿士，登自東除，訪萬幾，詢朝政，勤恤民隱而除其眚，人或不得其所，若己納之於隍，荷天下之重任，匪怠皇以

寧靜，發京倉，散禁財，賚皇僚，逮輿臺，命膳夫以大饗，饔餼
浹乎家陪，春醴佳醇，燔炙芬芬，君臣歡康，具醉薰薰，千品萬
官，已事而竣，勤屢省，懋乾乾，清風協於元德，淳化通於自
然，憲先靈以齊軌，必三思以顧愆，招有道於仄陋，開敢諫之
直言，聘丘園之耿潔，旅束帛之戔戔，上下通情，式宴且盤。

在這段文字中除了描繪來朝之賓，有九等之多外，中郎將夾階而
立，虎賁執戟而鋒刃交加，龍輅陳於庭，雲旗拂於霓，國君穆穆然而
南面以聽政，其景況真是諸侯皇皇焉，大夫濟濟焉，士將將焉，天下
之盛觀，接著張衡以率直之語提出了他的意見，上天之元德，淳厚之
化，通乎神明之自然，由法古帝之神靈以合其迹，仍不敢自足，必須
三思，內視其愆，在仄陋當中，多有道之士，則招明其德，直言之
臣，敢於上諫，則必須拓開其路，在丘壑園林，若有耿清廉潔之士，
應予聘用，如此在朝之賢盡其忠，在野之賢得其位，君上臣下之情也
就可以通達而無塞了。

張衡的〈兩京賦〉雖摹擬自班固的〈兩都賦〉，逐句琢磨，逐節鍛
鍊，對當時都市商賈、俠士、辯士的活動，以及雜技、角觗、百戲的
表演等情景都詳細描述，連篇累牘，這可說造成了後來天賦發展的軌
跡，然而在當中仍可窺察出張衡自己的立場及其寫作上的思想背景。

其次，張衡的〈兩京賦〉，我們知道這裡的兩京指的是西京長安
和東京洛陽，可是由於西安和東京的關係，於是在蕭統的《昭明文
選》及張溥的《漢魏六朝百三家集》〈張河間集〉都把它分開為〈西
京賦〉與〈東京賦〉，當作兩篇作品來看待，雖然如此，倘若我們從
文意及結構上去考察的話，它還是應該是當作一篇作品來看較為合
適，關於這一點，宋王觀國曾云：

（兩京賦）首尾貫通亦一賦也，衡自謂擬班固兩都作二京賦，
蓋與班固兩都一體，通為一賦，昭明太子亦析而為西京賦、東
京賦，亦誤矣。[1]

又王若虛亦云：

張衡二京，一賦也，而文選析為二首，左思三都，一賦而析為
三首，若以字數繁多，一卷不能盡之，則不當稱其京某都而各
云一首也。[2]

由以上所引的論說及文章本身的文脈氣勢結構等方面看來，〈兩
京賦〉應該是屬於一篇而不應將它分成兩篇來看待是比較正確的。

三　〈兩京賦〉和〈兩都賦〉、〈子虛賦〉之比較

在文章的前面曾提及張衡的〈兩京賦〉頗有模擬他人作品的情
形，而其中影響最大的當是班固的〈兩都賦〉，其次則為司馬相如的
〈子虛賦〉，在此就讓我們舉出文中的一些句子來看看，如：

甲、〈兩都賦〉班固

……左據函谷三崤之阻……右界褒斜隴首之險……其陽則崇山
隱天……其陰則冠以峻……。東郊則有通溝大漕……西郊則有

1　（宋）王觀國：《學林》，卷7，頁5，《湖海樓叢書》。
2　（金）王若虛：《滹南王先生文集》，卷34，〈文辨〉，收於（清）吳重熹輯：《九金
　人集》（臺北：成文出版社，1967年），第1冊。

上囿禁苑……

乙、〈西京賦〉張衡

……左有崤函重險，……右有隴坻之隘……於前則終南太一……於後則高陵平原……，內有常侍謁者……外有蘭臺金馬……，木則樅栝椶楠……草則葴莎菅蒯……

丙、〈子虛賦〉司馬相如

……其東則有蕙圃蘅蘭……其南則有平原廣澤登降陁靡……其高燥則生葴菥苞荔……其埤濕則生藏莨蒹葭……其西則有湧泉清池……外發芙蓉菱華、內隱鉅石白沙……。其北則有陰林巨樹……

丁、〈東京賦〉張衡

……濯龍芳林，九谷八溪，……於南則前殿靈臺龢驩安福……西南其戶……於東則洪池清籞……內阜川禽，外豐葭菼……其西則有平樂都場……

由以上所列舉的文句中，的確可以看出〈兩京賦〉的結構和組織頗有些地方是仿照〈子虛賦〉及〈兩都賦〉，按東、西、南、北方位鋪寫景物則具其明顯痕跡。

再而讓我們來看看〈兩京賦〉的特色與價值，張衡花了漫長的十年時間完成這篇傑作，它不管在修辭鍊字，或構思布局上無不瑰麗嚴

密，氣韻排宕。當然張衡此篇作品的內容是十分宏富，用典範圍也很博廣，它包括了《尚書》、《毛詩》、《禮記》、《楚辭》、《老子》、《莊子》、《山海經》、《淮南子》、《史記》等。而其中要以典出《詩經》及《楚辭》者為最多，進而如果我們將〈兩京賦〉與〈兩都賦〉互相比較的話，很顯然地〈兩京賦〉在字數、舖排、誇張、修辭等方面都要來得博洽詳密得多，若就形式上而言，據陶秋英在《漢賦之史的研究》中說：

> 張衡是與班固並稱的，他們兩人，都是子雲、相如的承流者，但班固是運散文以入賦，所以他的賦是渾厚的，華貴的，比較自然的，張衡的賦，已漸趨駢儷，比較靡麗一點，在賦史上，他是承著班固的遺風，而漸開駢儷之先，你看他句琢字鍊，煎腴煮肥，大開大合的氣態，都與班氏異趣。[3]

陶氏對張衡賦作品的批評，可說是相當的中肯，除外我們對〈兩京賦〉或許也可提出另一特色，那就是張衡擅於在敘述中引入議論說理，例如：

> 今公子苟好勤民以媮樂，忘民怨之為仇也，好殫物以窮寵，忽下叛而生憂也。夫水所以載舟，亦所以覆舟，堅冰作於履霜，尋木起於蘗栽。昧旦丕顯，後世猶怠、況初制於甚泰，服者焉能改裁，故相如壯上林之觀，揚雄騁羽獵之辭，雖系以頹牆填塹，亂以收置解罘，卒無補於風規，秖以昭其愆尤，臣濟奓以陵君，忘經國之長基，故函谷擊柝於東西，朝廷顛覆而莫持，

---

3 陶秋英：《漢賦之史的研究》（臺北：新文豐出版公司，1980年），頁159。

> 凡人心是所學，體安所習，鮑肆不知其臭，玩其所以先入，咸
> 池不齊度於蟁咬。而眾聽者或疑能不惑者，其惟子野乎。[4]

此段文字主要是指責在上位者立言之失，苟好勞民，以僥倖一旦之樂，是忘民怨之足以為仇，如果苟好盡物以極其驕寵，是忽下叛之足以生憂，民是不可玩的，水所以載舟也可以覆舟，除外並舉出一個實例，堅冰嚴凍，作於履霜之薄寒，尋木千里，起於初栽之萌蘖，所以對一切的開始具最重要的，同樣地對一些輕微的缺失也是不可不注意而須加防微杜漸。凡此並非空論，頗具警策之語，其能針對當時權貴官僚生活日益腐化墮落，尖銳地諷諫，所以它與一般作者的作品欲諷反諛的內容風格比較看來是有所不同的。

張衡是位通經貫藝的作家，故在文章的運辭上多弘麗溫雅，就〈兩京賦〉的典故運用，議論風骨，更可謂是圓通而博洽，古峭而不枯瘦，慮周而藻密，雖然如此，但也不能說它全無缺點，劉逵在《左思蜀都吳都賦序》注中就如此地批評，云：

> 觀中古以來，為賦者多矣，相如子虛，擅名於前，班固兩都，
> 理勝其辭，張衡兩京，文過其義。

又，張溥在《漢魏六朝百三家集》〈任彥昇集〉題辭中也有以下的一段文字批評，云：

> 少孺速而未工，長卿工而未速，孟堅辭不逮理，平子意不及文。

由以上的兩段評論文字看來，張衡〈兩京賦〉的缺點為「文過其

---

4 見〈東京賦〉。

義」及「意不及文」，這兩句話所指的當然是說其文章過於舖張揚厲，
閎侈鉅衍，但是就文學觀點而言，〈兩京賦〉在辭藻上的麗靡，其實
也不失是一種美學藝術，在此並不會減低其內容上的實性與價值。

然就整體而言，對於〈兩京賦〉後來袁子才在《歷代賦話》序文
中敘及張衡花十年的工夫完成此大賦主要乃在「搜輯群書，廣採風
土」；其之，又如孫梅在《四六叢話》後序中也提及「中興以後，文
雅尤多，孟堅，季長之倫，平子、敬通之輩，總兩京文賦諸家，莫不
洞穴經史，鑽研六書，耀采騰文，駢音儷字」，這兩段評文中都給張
衡的〈兩京賦〉極高的價值。除此，此篇大賦本身內容也替我們保存
了當時長安、洛陽兩大都會的史跡及可貴資料。而此對研究漢代社會
史而言，也有諸多值得我們參考的價值存在的！

漢代賻贈略考[*]

　　在中國儒家經典裡頭，述及喪事方面有所謂的襚、祝、賵及賻四事，襚和祝都是贈送死者衣被的意思[1]，而至於賵和賻，前者為贈車馬，後者則贈送錢財，贈物予死者稱為襚，祝或賵；贈物予生者則稱為賻[2]。在漢代賻贈的風氣甚盛，這在王符的《潛夫論》中有如下的一段記載：「寵臣貴戚，州縣世家，每有喪葬，都官屬縣，各當遣吏齎奉，車馬帷帳，貸假待客之具，競為華觀。」[3]又、《漢書》〈鮑宣傳〉中也提到：「相王莽時徵為太子四友，病死，莽太子遣使祝以衣衾。」[4]；又同書〈朱建傳〉裡也述及，當朱建的母親逝世的時候，辟陽侯審食其乃奉百金祝，列侯貴人以辟陽侯故，往賻凡五百金。[5]由此可見一斑。然而至於賵方面，在《漢書》〈孔光傳〉中有云：「光薨，公卿百官會弔送葬，載以乘輿輼輬及副各一乘，羽林孤兒諸生合四百人

---

[*]　原載《中華文化復興月刊》21卷12期（總249期）（1988年12月），頁70-72。

[1]　春秋隱公元年秋七月「惠公仲子之賵」條，《公羊傳》云：「賵者付，喪事有賵，蓋以馬，以乘馬束帛，車馬曰賵，貨財曰賻，衣被曰襚」又、同《穀梁傳》云：「賵者付也，乘馬曰賵，衣衾曰襚，貝玉曰含，錢財曰賻。」

[2]　春秋隱公三年秋「武子來求賻」，《穀梁傳》云：「歸死者曰賵，歸生者曰賻」又、《白虎通》卷四〈崩薨〉云：「贈襚何謂也，贈之為言稱也，玩好曰贈，襚之為言遺也，衣被曰襚，知死者，則贈襚，所以助生送死，追恩重終，副至意也，贈賵者何謂也，贈者助也，所以相佐給不足也，故弔辭曰：知生則賻，貨財曰賻，車馬曰賵」。

[3]　（漢）王符：《潛夫論》，卷3，〈浮侈第十二〉。

[4]　《漢書》，卷72，〈王貢兩龔鮑傳第四十二〉，鮑宣。

[5]　《漢書》，卷43，〈酈陸朱劉叔孫傳第十三〉，朱建。

輓送，車萬餘兩，道路皆舉音以過喪。」[6]又同書〈樓護傳〉中也載：
「母死，送葬者致車二三千兩。」[7]由這段文字看來，漢代在出殯送葬
的車輛隧伍是極為浩大的。除外，還有就是對致送給死者的賻錢數目
方面也是相當可觀的。如在《漢書》〈儒林傳〉的〈歐陽生傳〉中就
有這樣的記載：「元帝即位，地餘（歐陽生之玄孫）侍中貴幸，至少
府，……及地餘死，少府官屬共送數百萬，其子不受。」[8]又《後漢
書》〈張禹傳〉中也云：「父歆初以報仇逃亡，後仕為淮陽相，終於汲
令，禹性篤厚節儉，父卒，汲吏人賻送前後數百萬，悉無受。」[9]賻錢
數百萬，在漢代對一個家庭來說的確是一個龐大的數目，於是往往由
於某家收受了如此大額的賻錢之後而大發成了自己產業的。在《漢
書》〈游俠傳〉的〈原涉傳〉中就有如此的記載：「原涉字巨先，祖父
武帝時，以豪桀自陽翟徙茂陵，涉父南陽太守，天下殷富，大郡二千
石死官，賻斂送葬，皆千萬以上，妻子通共受之，以定產業。」[10]

關於中央、地方的大官、貴戚世家的葬送來說，官吏相互贈送賻
錢，大致說數目是比較大些，但是在一般貧民無法提出賻金的情形又
如何呢？在《漢書》〈陳平傳〉中記云：「陳平陽武戶牖鄉人也，少時
家貧，……邑中有大喪，以先往後罷為助。」[11]漢代大官，貴戚喪葬
時，朝廷會下賜賻錢為法賻，這在《漢書》〈何並傳〉中有這樣的敘
述：「（何並）疾病，召丞掾作先令書曰，告子恢，吾生素餐日久，死
雖當得法賻，勿受。」[12]由此可作說明的依據了。然而就前漢來說，能

6　《漢書》，卷81，〈匡張孔馬傳第五十一〉，孔光。

7　《漢書》，卷92，〈游俠傳第六十二〉，樓護。

8　《漢書》，卷88，〈儒林傳第五十八〉，歐陽生。

9　《後漢書》，卷44，〈鄧張徐張胡列傳第三十四〉，張禹。

10　《漢書》，卷92，〈游俠傳第六十二〉，原涉。

11　《漢書》，卷40，〈張陳王周傳第十〉，陳平。

12　《漢書》，卷77，〈蓋諸葛劉鄭孫毋將何傳第四十七〉，何並。

得到二千石的官職者，大致在受法賻時可獲得百萬錢。《漢書》〈儒林傳〉的〈歐陽生傳〉中就有實據可證，其傳云：「元帝即位，地餘侍中貴幸，至少府，……及地餘死，少府官屬，共送數百萬，其子不受，天子聞而嘉之，賜錢百萬。」[13]少府為二千石的官俸，而其賻錢是為百萬錢。又《後漢書》〈羊續傳〉中也云：「羊續字興祖，太山平陽人也，……徵為太常，會病卒，時年四十八，遺言薄斂，不受賵遺，舊典二千石卒官賻百萬，府丞焦儉遵續先意，一無所受，詔書褒美，敕太山太守，以府賻錢賜續家云。」[14]這裡的所謂舊典也就是指前漢時的規定，如果二千石官俸的官員在職中死去的話，那麼所受贈的賻錢則約在百萬之數。記得在前文我們曾敘及當朱建的母親逝世時，辟陽侯曾贈百金，即百萬錢的法賻，由此在前漢來說，二千石的官俸者的法賻為百萬錢，這點應是可以肯定的。但是到了後漢，凡受二千石的俸祿者就不一定有賻錢可贈了。根據《後漢書》〈郭賀傳〉中的記載，明帝時河南尹（二千石）郭賀在職中死去，最後得到所贈的是車一輛及錢四十萬。[15]又據《後漢書》〈承宮傳〉所云，其職位為侍中祭酒（比二千石），但在章帝建初元年死去時，所受賜者僅錢三十萬。[16]再而《後漢書》〈淳于恭傳〉所載，其曾歷任侍中（比二千石），騎都尉（比二千石）但是淳于恭在職中死去時，章帝並沒賜予錢而是贈送了穀千斛。[17]由此可見前後的法定賻贈的程度數目變化是很大的。

　　雖然如此，但是後漢的諸侯王，列侯的賻贈則是有其規定的，依據《後漢書》〈樊宏傳〉中就有如此的記載：「建武十五年（光武帝）定封宏壽張侯（中略）二十七年，卒，遺勅薄葬，一無所用，以為棺

13　《漢書》，卷88，〈儒林傳第五十八〉，歐陽生。

14　《後漢書》，卷31，〈郭杜孔張廉王蘇羊賈陸列傳第二十一〉，羊續。

15　《後漢書》，卷26，〈伏侯宋蔡馮趙韓列傳第十六〉，郭賀。

16　《後漢書》，卷27，〈宣張二王杜郭吳承鄭趙列傳第十七〉，承宮。

17　《後漢書》，卷39，〈劉趙淳于江劉周趙列傳第二十九〉，淳于恭。

枢一臧，不宜復見，如有腐敗，傷孝子之心，使與夫人同墳異臧，帝善其令，以書示百官，因曰：今不順壽張侯意，無彰其德，且吾萬歲之後，欲以為式，賻錢千萬，布萬匹。」[18]由此可以看出來，光武帝時規定所賻贈的數目錢是千萬，布萬匹。又《後漢書》〈濟北惠王壽傳〉亦云：「自永初已後，戎狄叛亂，國用不足，始封王薨，減賻錢為千萬，布萬匹，嗣王薨，五百萬，布五千匹，時唯壽最尊親，特賻錢三千萬，布三萬匹。」[19]由此條的記載可以瞭解到當時安帝初年，由於灾異蜂起，寇賊縱橫，夷狄猾夏，戎事不息，百姓匱乏，疲於徵發，於是造成了國家財政上的困難，所以始封王薨去的時候，賻錢也就不得不加以減額，而成了錢為千萬，布為萬匹的情形。然而就後漢朝廷的賻贈情形而言，在當時已不僅限錢財而已，其中也包括了布、絹，東園（宮中器具製造所）的秘器了[20]，以一般的情形來看，此時縑便已可作為替代賻錢的贈品，如在《後漢書》〈王丹傳〉中就有以下的記載，云：「時河南太守同郡陳遵，關西之大俠也，其友人喪親，遵為護喪事，賻助甚豐，丹乃懷縑一匹，陳之於主人前，曰：如丹此縑出自機杼，遵聞而有慚色。」[21]又在同書同傳中有所謂「丹子同門生喪親，丹令子寄縑以祠」的文字，縑在漢代應該是甚受一般民眾所愛用的布品，以這樣普通所愛用的縑作為賻贈品物，未免顯得有些粗俗寒酸，所以在民眾之間的往來賻贈禮貌上，仍以錢財作為賻贈

---

18 《後漢書》，卷32，〈樊宏陰識列傳第二十二〉，樊宏。

19 《後漢書》，卷55，〈章帝八王列傳第四十五〉，濟北惠王壽。

20 《後漢書》，卷34，〈梁統列傳第二十四〉，竦孫商：「及薨，帝親臨喪，諸子欲從其誨，朝廷不聽，賜以東園朱壽（之）器、銀、鏤、黃腸、玉匣、什物二十八種，錢二百萬，布三千匹，皇后錢五百萬，布萬匹。」又《後漢書》，卷31，〈杜詩傳〉：「（建武）十四年，坐遣客，為弟報仇，被徵，會病卒，司隸校尉鮑永上書言，詩貧困無田宅，喪無所歸，詔使治喪郡邸，賻絹千匹。」

21 《後漢書》，卷27，〈宣張二王杜郭吳承鄭趙列傳第十七〉，王丹。

較縑品來得普遍，於是王充在《論衡》中就有這樣的記載：「貧人與富人，俱齎錢百，並為賻禮，死哀之家，知之者，知貧人劣能共百，以為富饒羨有奇餘也，不知之者，見錢俱百，以為財貨貧富皆若也。」[22]在這裡可以看出在民間致送賻錢乃是一般民眾的習氣，而其數目已降至為百錢，這一降，於是它對百姓來說應該是一個較合適而普通都能負得起的數目了。

　　在這篇短文中我僅就對漢代有關賻贈一事作一般性的探索與考察，瞭解賻贈在當時是個怎樣的情形，再而從原來所賻贈龐大的金額漸漸地降減，到了百錢，在這過程中無形地反映出了當時社會經濟從繁榮發達而漸趨緊縮與不景氣的嚴重現象。

---

22 （漢）王充：《論衡》，卷12，〈量知篇第三十五〉。

明末詩人歸莊的詩觀詩作[*]

一　歸莊與「復社」

　　明朝末年，與顧炎武友善，而有「歸奇顧怪」之稱的詩人歸莊，字爾禮，又名祚明，字玄恭，號恆軒，是崑山（今屬江蘇）人。他生於明萬曆四十一年癸丑（1613），卒於清康熙十二年（1673），享年六十一歲。他是明代著名散文家歸有光（1506-1571）的曾孫。歸莊在青年時代，正是崇禎皇帝在位，此時也正是民族危機和階級矛盾極度嚴重的時候；他非常關心國家大事，於是在十七歲時，就和同年齡的顧炎武（1613-1682）一同參加了「復社」。他那股對時局憂慮的心情，在他初期的作品中就已表露無遺了。

　　我們在閱讀歸莊的詩作時，不難感受到他那股強烈的反清愛國的民族氣節。當然，這由於他前半生為明朝，而後半生則在動亂的清朝時期，故而有這樣大的不同與變革。如果我們從他的生平來探索，或許可以將它分成四個階段：第一期，十六歲以前的幼年時代；第二期，自十七歲參加復社，到三十二歲時明朝滅亡；第三期，從三十三歲到四十一歲，受清朝之命而薙髮，鼓動群眾殺死崑山縣丞；第四期，從四十一歲到晚年，隱居鄉野，佯狂玩世，鬻文賣畫為生，窮困以終。大致了解了歸莊的生平及其晚年的文學活動之後，接著讓我們來分析其詩作的內容及精神。

* 　原載《國語日報・書和人》793期（1996年2月17日）。

　　歸莊的詩集名叫《恆軒詩集》，共計十二卷。就整體而言，其內容以反對清朝統治、富有民族氣節之作為主體。對於歸莊詩的評價方面，一九八四年上海古籍出版社出版的《歸莊集》的出版說明中，有如此一段論評：

> 歸莊的詩歌，充滿了愛國思想和民族氣節。他以沉鬱悲愴的筆觸，揭露清軍的血腥殘暴行為，傾訴國亡家破的悲痛，並對降清貳臣給予無情的鞭撻和諷刺。尤其是那些寫作於甲申、乙酉之際的詩篇，反映了這一大動亂時代的政治面貌，具有一定的史料價值。他的詩歌，大都是直抒胸臆，不事雕琢，沒有明人擬摹的習氣，能夠痛快地表達他憂國傷時的情感。但正因為如此，也難免有粗率的地方。

由這段文字可以明白：歸莊的詩作主要是由於「揭露清軍的血腥殘暴行為，傾訴國亡家破的悲痛」，故而多偏直抒胸臆，沉鬱悲愴。至於歸莊對作詩的認識方面，則云：「詩不易作，亦不易知，能知然後能作。」（卷三〈許更生詩序〉）由此可以明顯得知歸莊認為作詩是一件不容易的事，要了解詩也並非簡易之事。序中他又說：「余為詩二十餘年，不能工；就正友人，多不肯直言，言也少中。」由此可見一斑。

　　至於歸莊對於詩的論說及看法，在《歸莊集》卷三的序中，特別是詩序類中最可以看出來。依據年譜所述，他三十一歲所作的〈吳余常詩稿序〉中記載云：

> 太史公言：詩三百篇，大抵聖賢發憤之作。韓昌黎言：愁思之聲要妙，窮苦之言易好。歐陽公亦云：詩窮而後工。故自古詩人之傳者，率多逐臣騷客、不遇於世之士。吾以為：一身之遭

逢，其小者也，蓋亦視國家之運焉。詩家前稱七子，後稱杜
陵，後世無其倫比。使七子不當建安之多難，杜陵不遭天寶以
後之亂，盜賊群起，攘竊割據，宗社颠危，民生塗炭，即有慨
於中，未必其能寄託深遠，感動小人，使讀者流連不已。如此
也。然則，士雖才，必小不幸而身處阨窮，大不幸而際危亂之
世，然後其詩乃工也。

在這裡，歸莊引用了太史公、韓愈、歐陽修的話，認為詩人之寫作，
主要乃在感發心中愷憤，以及所傳者多屬逐臣騷客，或一些不遇於世
的人士；但是，在敘及個人的遭遇與國家的不幸相較方面，而個人則
事小，像建安七子、杜甫等詩人，遭遇時局之變遷，讀者誦讀其詩文
而深受感動。這些都是遭遇社會的大動亂後，才產生出來的。故而才
能雖優異，若非經歷大小不幸危亂之世的話，其詩作內涵是很難達到
深邃工巧的境地的。

二　歸莊對創作的態度

歸莊除了對詩的創作，主張要嚴謹外，也相當強調詩作內涵的充
實。他並且指出：詩要「言志」與「緣情」。他在〈天啟崇禎兩朝遺
詩序〉中說：

傳曰：詩言志。又曰：詩以道性情。古人之詩，未有不本於其
志與其性情者也。故讀其詩，可以知其人。後世人多作偽，於
是有離情與志而為詩者。離情與志而為詩，則詩不足以定其人
之賢否。故當先論其人，後觀其詩。夫詩既論其人，苟其人無
足取，詩不必多存也。

在中國傳統的詩論上，離不開「詩言志」與「詩緣情」這兩個範圍來探討。「詩言志」這個概念，是由《尚書·舜典》中所敘及者。此一說詩觀點，在春秋戰國時代是很普遍的見解。至於「詩緣情」，則是晉陸機的〈文賦〉中所提及引申而來的。詩言志，故緣情。志，主要是指思想。對先秦的「言志」，朱自清在其〈詩言志辨〉中曾說：『這種志，這種懷抱，其實是與政教分不開的。』「言志」的實際內容所指的是政教，也就是儒家之道。至於首先提到「言志」中還包含了「情」這個說法，應當是由荀子開始。此一見解，主要反映在他的音樂理論當中，「志」與「情」，兩者均不可偏失，不可不重視！在〈毛詩序〉裡就說得很清楚：「詩者，志之所之也，在心為志，發言為詩。」所以說兩者應是相依存不可偏的。顧炎武在其《日知錄》卷二十一「作詩之旨」一則中，就明白表達了對「詩言志」的看法。其文說：

> 舜曰：詩言志。此詩之本也。〈王制〉：命太師陳詩，以觀民風。此詩之用也。荀子論小雅曰：疾今之政，以思往者，其言有文焉，其聲有哀焉。此詩之情也。故詩者，王者之跡也。建安以下，洎乎齊、梁，所謂「辭人之賦麗以淫」，而於作詩之旨，失之遠矣。（注：〈王制〉是《禮記》篇名。）

對於詩言志，顧炎武所重視者，主要在於風論，表達一種民間的心聲。如果刻意追求文辭上的華麗，那就偏離了詩本身的旨趣了。這裡還有一點必須注意：當時清兵入侵，社會甚為不安，危亡的局勢影響了二人的文學觀點，故而彼此對於「詩言志」的看法，難免也產生了頗不一致的地方。

我們再進而看看一些品德高尚的人，何以會寄情於詩酒，託於技藝呢？歸莊在〈朱清甫先生詩序〉中有云：

詩傳皆稱先生嗜酒放達，又孤介獨往，嘗拒俗吏之求，卻藩王之聘，其志操有過人者。夫士生一統之世，不幸不為科目所收，則終其身草莽耳。其聰明才氣，無所發之，不得已而寄於詩酒，託於技藝。世俗不知其中懷不屑，而遂以詩酒技藝之人目之。又或以其藝之工也，并其詩酒沒之，而直以為一藝人，卒至老死窮巷，文采不表。若此者，可勝嘆哉！

在此文中，歸莊表達了對一位志操過人、才氣橫溢者，往往由於無所發洩，所以不得已只好寄情詩酒、技藝，最後結局是卒老窮巷，文采不表的可憐境地。這種境況怎麼不教人感到悲嘆呢？

三　歸莊重視詩作之「氣、格、聲、華」

歸莊的詩作理論和見解，大致都收在《歸莊集》卷三「序文」和「跋文」當中。前面已經提及他是一位下筆嚴謹的詩人，以下擬就他所提到的詩的「氣、格、聲、華」等方面，略作探討。

歸莊論詩，對於詩的「氣、格、聲、華」四者非常重視，而且還以人的五官四體來作比喻描述。他在〈玉山詩集序〉中曾如此說：

余嘗論詩，「氣、格、聲、華」四者缺一不可。譬之於人，氣猶人之氣，人所賴以生者也；一肢不貫，則成死肌；全體不貫，形神離矣。格如人五官四體，有定位，不可易；易位則非人矣。聲如人之音吐及珩璜琚踽之節。華如人之威儀及衣裳冠履之飾。近世作詩者日多，詩之為途益雜。聲或鳥言鬼嘯，華或雕題文身。按其格，有頤隱於臍，肩高於頂，首下足上，如倒懸者。視其氣，有尪羸欲絕，有結轖擁腫。不仁如行屍者，使人而如此，尚得謂之人乎哉？

歸莊強調了論詩應以「氣、格、聲、華」四者並重。

　　歸莊是明末清初的詩文作家，他的詩作充滿了愛國思想和民族氣節，並且多以直抒胸臆，不事雕琢，沒有明代人擬摹的習氣。這些都是他的詩作特色與風格。除此之外，他對詩史的發展，也提出了一些看法。比如他在〈王異公詩序〉中就有這樣的一段文字：

> 詩之道，難言矣；唐以詩取士，宜有定格，然觀其風調，不能無初、盛、中、晚之異。後世不以詩取士，士大夫不必皆工詩，惟能者始以詩名於世。於是文人才士，各宗一派，爭持一說，大抵厭常者取立異，後起者排前人，終無定論。近世錢宗伯始為之除榛莽，塞徑竇，然後，詩家始知趨於正道，還之大雅；而吳司成又慮其矯枉過正，復從而折衷之。後之論詩者，不能易也。

從以上這段文字，便可了解歸莊對詩的流變也有他獨特的見解。其中他提出了大凡對於文人才士來說，無不厭常者取立異，後起者排前人的現象。而往往由於此種情形，發展到最後，便是無定論。然經過一陣亂象之後，激起的是文壇上的互為整合。接著又開始趨向於正道，回到了所謂大雅的境地。由以上的詩觀來看，歸莊對當時的文壇上之流派及發展現象，是相當關注的。我們或許可以這樣說：他不僅在詩的創作上有才雄氣厚的風格，且在文學觀方面也有自己獨立的見地。

四　《歸莊集》之出版

　　《歸莊集》共分上下二冊，一九八四年上海古籍出版社出版，收錄的作品包括卷一：詩詞，卷二：曲，卷三：序，卷四：跋，卷五：

書，卷六：記，卷七：傳，卷八：行狀、墓志、祭文，卷九：箴贊，卷十：雜著。書後附有歸莊的年譜、傳略、題贈、序跋及補輯。歸氏的作品及資料收在此集中，可說相當齊全。

歸莊的詩集，最早有《恆軒詩集》十二卷；文集則有《懸弓集》三十卷、《恆軒文集》十二卷。但以上三種都已散佚。歸莊的詩文集，在清道光年間太倉季錫疇曾編輯其遺文六卷，詩一卷，名為《玄恭文鈔》。後來因為雕板毀於戰火，傳本因而未見。清末歸曾裔編成《歸玄恭文續鈔》七卷，徐崇恩編作《歸玄恭遺著》不分卷，朱紹成編成《歸高士遺集》二十卷。但是比較這些文集的內容，文章都殘缺不全，並且互有重複。現今我們所看到的上海古籍出版的《歸莊集》，乃是一九六二年原中華書局上海編輯所用歸曾裔、徐崇恩、朱紹成編的三書為基礎，再加上在蘇州發現的《歸莊手寫詩稿》、北京圖書館庋藏的〈山遊詩〉〈落花詩〉、上海潘景鄭所藏的〈癸卯年應酬詩〉、小石山房所刻的《尋花日記》、《看花雜詠》及又滿樓的《擊筑餘音》等，而編輯收錄成這本詩文集。而此集的出版，對研究歸莊文學思想的學者而言，的確是方便不少。

近人對歸莊的研究，似乎並不多見：蔣勵材先生曾寫過一篇題為〈歸莊與萬古愁〉的論文，刊於《中華文化復興月刊》第十四卷第二期。主要在介紹歸莊〈萬古愁〉曲的內容與考證。指出這首曲「曲調悲憤激昂，痛明祚之莫保，恨閹邪不速亡，身為布衣（亡命時即謝儒冠），手無寸鐵，雖起義鄉閭，難成大事。絕望之餘，藉曲哭訴，絕非遊戲諧謔文字。由於酷愛大明，乃至激動遷怒前賢，語似狂而心實正，情可憫而行無虧」。這首〈萬古愁〉曲，的確是氣勢雄渾、筆力酣暢，完全表現了他那緬懷故國之痛和憤世疾俗的心中感受。在此可以舉一段為例，供讀者參看：

痛痛痛！痛的是十七載聖明天子橫屍在長安道。痛痛痛！痛的
是詠關雎頌徽音的聖母，拋首在宮門沒一個老宮娥私悲悼。
痛痛痛！痛的是掌上珍的小公主一劍向昭陽倒。痛痛痛！痛的
是有聖德的東宮，砍作肉蝦蟆。痛痛痛！痛的是無罪過的二王
竟填了長城窖。痛痛痛！痛的是奉寶冊的長宮，隻身兒陷在賊
營查。

從以上所舉的曲詞中，便可看出歸莊的心情。

　　其次有楊仲揆先生的相關論作，發表於《中華文化復興月刊》第
十三卷第六期。文中除了逐段介紹曲文外，並作解說分析。在了解本
曲的內涵意義上有相當大的幫助。他的結語說：「從純文學觀點看，
歸玄恭的〈萬古愁〉，的確是值得一讀的好曲。全首二十二段，有十
四五段是採詼諧滑稽或輕侮謾罵的唱反調方式。表面上看，他的確在
罵皇帝，打丞相，笑謔聖賢，否定一切，一副玩世不恭的神態。而實
際上，他的態度是極嚴肅而哀沈的。……從全曲忽笑忽罵忽哭忽喜的
神情看，極似悲劇中常見劇中人在遭受沈重打擊變成瘋狂以的的情
態。因此〈萬古愁〉從主題看，是嚴正的悲劇性的。」

　　除以上所敘蔣、楊二位寫的論著外，在日本的漢學界中也有學者
研究歸莊的文學思想及《尋花日記》的。例如：日人藤井良雄氏著有
〈歸莊の文學思想──錢謙益から師承について──〉和《歸莊の落
花詩》。這兩篇發表在九州大學文學部《文學研究》七八、七九期。
前一篇主要是在論述歸莊的文學思想是從錢謙益師承而來的，論析舉
證十分詳細。後一篇主要是在論析〈落花詩〉，對詩的內容技巧以及
動機考證均作了極詳盡的論說。〈落花詩〉收在《歸莊集》卷一，前
為十二首，後為四首，共計十六首。詩人感歎生不逢辰，遭值多故的
感傷，其悲愴之情懷，婉轉表達詩中。此外，日人合山究氏也著有

〈歸莊におはる看花への執念──《尋花日記》制作の經緯──〉，
發表於《日本中國學會報》第三十四集。此論文主要在探討《落花日
記》寫作的經緯過程，也分析歸氏看花的心情。《尋花日記》收在
《歸莊集》卷六，也收錄在臺北新文豐出版《叢書集成續編》第二一
八冊。至於《尋花日記》所記雖僅六篇（即：洞庭山看梅花記、看牡
丹記、尋菊記、看寒花記、觀梅日記、看桂花記），但由於他對各種
花類之觀察十分細膩，加上熟悉各方掌故歷史，所以雖屬普通日記，
卻無不生動感人之極！

東坡在海南[*]

一　東坡被貶至海南

　　蘇東坡在海南島的儋州約三年，他被貶到這裡時已是六十歲的老人了，海南島在一千多年前，人煙稀少，四處喬木森林，荒草萋萋，不像今天的繁華進步，而東坡能以平常心情與當地居民相互往來，真是不容易。

　　在西元一○九七年，也就是北宋哲宗紹聖四年五月，東坡當時離開謫居三年的惠州，可是沒想到又接到再貶到海外的通知，這對東坡來說是非常嚴重的一件事，對此他曾和王古的信中提到，說：

> 某垂老投荒，無復生還之望，昨與長子邁訣，已處置後事矣，今到海南，首當作棺，次便作墓，乃留手疏與諸，死則葬海外⋯⋯

從這信中的文字便可瞭解他被貶千里外海南的憂傷心情。

　　東坡在紹聖四年六月十一日，與他的弟弟（蘇轍）在江濱分手後，便淒然準備遠赴海外。東坡登岸的地點是今天海南北部的大港——海口市。

　　至於渡海的距離，從雷州徐開縣對渡大約四百里的航程，與蘇轍所居的南端雷州半島，可遙遙相望，所以東坡才會有詩云「莫嫌瓊雷

---

* 　原載《國文天地》40卷1期（總469期）（2024年6月）。

隔雲海，聖恩尚許遙相望」。不要嫌瓊崖和雷州相隔距離遙遠，其實
還可以互相對望，這要感謝聖主的大恩德呢？

在七月初二，東坡到了昌化。

昌化這個地方，在〈儋縣志〉中記載，云：

> 蓋地極炎熱，而海風甚寒，山中多雨多霧，林木陰翳，燥熱之
> 氣不能遠蒸而為雲，停而為水，莫不有毒。

又云：

> 風之寒者，侵入肌竅，氣之濁者，吸入口鼻，水之毒者，灌於
> 胸腹肺腑，其不死者幾希矣。

從縣志的記載，可以知道這地方海風天氣炎熱，燥濕陰寒，如吸
入口鼻，或灌於胸腹心肺，當會中毒，甚至死亡的危險！所以到海南
的人對當地的環境要特別注意小心！大致來說，海南在西南方是屬於
高原山區，交通不便，只能陸行，於是東坡只好顧請轎子前進。

到了澄邁，他暫時寄宿在士人趙孟得家裡，然後才轉到昌化。東
坡初到海南時寫了第一首詩，說：

> 四州環一島，百峒蟠其中，我行西北隅，如度月半弓。登高望
> 中原，但見積水空，此生當安歸？四顧真途窮。眇觀大瀛海，
> 坐咏談天翁，茫茫太倉中，一米誰雌雄？……

這是一首五言古風，從瓊州至儋州的昌化途中，一日夢中醒來，
詩興大發，於是就寫了這篇豪邁詩風的作品，抒發了個人不悲不喜，
順著又寫了〈次前韵寄子由〉，詩云：

我少即多難，還回一生中，百年不易滿，寸寸彎強弓。老矣復何言，榮辱今兩空，泥洹尚一路，所向餘皆窮。似聞崆峒西，仇池迎此翁，胡為適南海，復駕垂天雄。……

這首詩是作於七月初，當時子由寓雷州，他表達了遭受這次的挫折，又感歎人生不易活到百歲，在那逝去的時光中，無不時時都在努力進取，詩中又引用了佛學名詞「泥洹」以及道家修仙的詞彙，如「崆峒」、「仇池」等。東坡除受儒家思想洗禮外，更接近佛道的深層影響。

二　東坡在昌化的日子

東坡在昌化，無熟悉的朋友，只好租借官舍以避風雨，但是海南氣候酷熱，海氣蒸溽難耐，東坡引領素秋，以日為歲，由此可知一位老人在此荒山野地的寂寥清苦的生活！這些日子的心情，在〈和陶連雨獨飲〉二首，有云：

其一
平生我與爾，舉意輒相然，豈止磁石針，雖合猶有間。
此外一子由，出處同偏仙，晚景最可惜，分飛海南天。
糾纏不吾欺，寧此猶患先，顧引一杯酒，誰謂無往還。
寄語海北人，今日為何年？醉裡有獨覺，夢中無雜言。
其二
阿堵不解醉，誰歟此頹然，誤入無功鄉，掉臂稽、阮間。
飲中八仙人，與我俱得仙，淵明豈知道，醉語忽談天。
……。

東坡謫居海南，盡賣酒器以供衣食，可見平日生活是十分清苦。
雖然如此，但東坡的精力，永遠不衰。他還會覺得不緣耕樵得，飽食
殊少味，須自食其力，這樣內心才不會感到愧疚呢！

東坡在海南的鬱悶情緒多表達在詩歌文章中，尤其是五十八首和
陶詩以及〈沉香山子賦〉、〈天慶觀乳泉賦〉、〈酒子賦〉、〈菜羹賦〉、
〈老饕賦〉等作品。在海南對當地的民俗及百姓的生活觀察得十分入
微，並且感受到民間食糧不足，缺乏米糧，且多以諸芋雜糧煮粥做為
主食，除了糧食的不足外，還有生病無藥，他在〈答程儒書〉中就說：

> 此間食無肉，病無藥，居無室，出無友，冬無炭，夏無寒泉，
> 然亦未易悉數，大率皆無耳，惟有一幸，無甚瘴也。

從這則短簡書信中便清楚說明了當時的一般生活上的短缺和不足
情形。

之外，他還提到一些當地的特殊現象，那就是男人在家，終日遊
手好閒，婦人則在外耕作，上山打柴，或鑿地汲鹽井等粗重的工作，
這算是海南的一種特別的風俗習慣！

再而至於食物方面，東坡又看到了當地土人常以捕捉老鼠、蝙
蝠、蟋蟀作為食物，這也讓他感到很驚奇，於是寫了〈聞子由瘦〉一
詩中，說：

> 五日一見花豬肉，十日一遇黃雞粥，士人頓頓食薯芋，荐以熏
> 鼠燒蝙蝠。
> 舊聞蜜唧嘗嘔吐，稍近蝦蟇緣習俗，十年京國厭肥羜，日日烝
> 花壓紅玉，……。

　　東坡剛剛到海南儋州時，他常與子由書信往來，有一次從來信中知道弟弟變瘦了，所以寫了這首詩。同時也敘述了自己的飲食情形，並且提到當地土人的特殊習慣，詩中有提到「蜜唧」就是鼠胎未瞬，飼之以蜜，釘之筵上，嗢嗢而行，以箸夾取啖之，唧唧作聲，所以稱之為蜜唧，據傳這是海南民間的一種特殊喜好！

　　在海南不但沒有肉吃，也沒有酒可喝，所以要喝酒就得自釀。他在當地認識的潮州人王介石，還有泉州商人許玨贈送他一些「酒膏」，所以東坡非常的感激，他寫了一篇〈酒子賦〉，云：

　　　南方釀酒，未大熟，取其膏液，謂之酒子，率得十一，既熟，
　　　則反之醅中，而潮人王介石、泉人許玨，乃以是餉予……。

　　喝酒得自己動手釀造，這經驗東坡是有的，再而他將釀好的酒餉客，但是在海南熟人不多，所以沒有過去那樣常常釀酒，只有在元符二年過年前，才釀了一次天門冬酒。前文提到海南無肉，甚至無魚，而且一些米麵之類的日常食品，都得由海北舶運而來，一旦天候變化，可能就要延誤或斷糧的情形呢？

　　東坡父子在海南只好入境同俗，生活簡單節儉，過著食飲水，平時常煮菜為食，且作了〈菜羹賦〉，云：

　　　水陸之味，貪不能致，只好煮蔓菁、蘆菔、苦薺而食之。其法
　　　不用醯醬而有自然之味，……。

　　因為當地生活貧窮，無芻養以適口，每餐大多以蔬菜之類，如薺菜、蘆菔（蘿蔔）等充饑止餓，對此他在〈記薯米〉一詩中也提到糧食短缺的情形，說：

海南以薯米為糧,幾米之十六,今歲米皆不熟,民未至艱食者,以客舶方至,而有米也。然儋人無蓄藏,明年去則饑矣。吾旅泊尤可懼,未知經營所從出。故書座右,以時圖之。

文中說得很清楚,當時糧食不足,平日充饑的多以粥糜為主。海南百姓多靠商人由大陸航運送到當地,這是海南與大陸之間不可或缺的海上商品貿易交流的方法。

三 東坡新居落成「桄榔庵」

在元符二年四月,海南當時島上遭受到大旱災,農耕稻作歉收,米價暴漲,人民生活幾近絕糧之苦,東坡看到這種情形難免心情悲苦,只有與大家同甘共苦,祈望旱災早日過去。在這段時間,東坡飲食極盡簡樸,多取芋蔬作為日常的食材,昔時的那些美食佳餚已成了現今的一種回想了!雖然如此,但他以闊達的心情迎接每一天,並且以舒朗的文字,活潑的想像,寫下了另一篇短賦,題名為〈老饕賦〉,云:

庖丁鼓刀,易牙烹熬。水欲新而釜欲潔,火惡陳而薪惡勞。九蒸暴而日燥,百上下而湯鏖。嘗項上之一臠,嚼霜前之兩螯。爛櫻珠之煎蜜,灩杏酪之蒸羔。蛤半熟而含酒,蟹微生而帶糟,蓋聚物之天美,以養吾之老饕。……

賦中敘述了烹調蒸煮,或煲、湯等技巧都要注意用的水要新鮮,柴火也要燒得恰到好處,還要把食材經過多次蒸煮後再曬乾待用,有時候還要以文火煎熬等,把中國烹飪與飲食內涵詮釋得十分清楚,不愧是一位美食家呢!

　　談到東坡在海南的住所，當時是暫住在老舊的官舍，所以東坡的幼子過準備建造新房舍，這個想法得到當地百姓的熱情支持，特別是黎子雲和符林（城南的老符秀才）兩家子弟幫忙協助建造，不久簡單的五間平屋便這樣在城南竣工造成了，於是與鄭靖老（鄭嘉會）書說：

> 初賃官屋數間居之，既不可住，又不欲與官員相交涉，近買地起屋五間，一龜頭，在南汙池之側，茂木之下，亦蕭然可以杜門面壁少休也。但勞費窘迫耳。（龜頭：古代建築物名稱。）

又與程天侔書說：

> 賴十數學生助工作，躬泥水之役，愧之，不可言也。

又在《外集》中有一詩題名〈新居〉，云：

> 朝陽入北林，竹樹散疏影，短籬尋丈間，寄我無窮境。……

　　東坡的新居建成後取名為「桄榔庵」，當時東坡初到儋州，暫住在破舊的官舍內，後來父子被逐出官舍，便成了無屋可居，所以只好買地築室，他還寫了一篇〈桄榔庵銘〉，云：

> 九山一區，帝為方輿，神尻以游，孰非吾居？百柱贔屭，萬瓦披敷，上棟下宇，不煩斤鈇。日月旋繞，風雨掃除。海氛瘴霧，吞吐吸呼，蝮蛇魑魅，出怒入娛，習若堂奧，雜處童奴，……。

　　東坡這篇銘文是寫於他到儋州過著困頓日子的時候，也可以說是窮苦危絕的關頭，雖然如此，但其中並無悲歡憂怨之氣，反而是寫籌建房舍的經過，荒陋樸野，椰林竹樹，豪邁曠達，表達了以苦為樂的情志，這或許就是他一貫的人生處世態度吧！

　　東坡流放海南的詩文，和友人的往來信函多收存在《海外集》中，內容相當博廣，就詩歌方面，較重要的如，〈縱常三首〉、〈倦夜〉、〈被酒獨行〉、〈新居〉、〈行瓊儋間〉、〈儋耳〉、〈六月二十夜渡海〉、〈澄邁驛通潮閣〉等及那些和陶的詩作，這些作品文字淺易，不受韻腳的束縛，自然平實，給人有一種寓意生動，簡明實腴的美學感受。

　　然而至於《海外集》一書，據悉早在王文誥時代，已有《海外集》傳世，王生於乾隆二十九年，之後十一年（乾隆四十年），有瓊州人王時宇（慎齋）編訂《海外集》面世。

　　又在清光緒五年，儋州學政劉鳳輝，曾編成《居儋錄》一集，該集現存於廣東中山圖書館，劉在序中提及王時宇的《海外集》說：

　　　　頗詳備，然猶收錄未當，徒分體格，無所發明，茲補編之，仍
　　　　曰《居儋錄》。

　　在民國三十四年（1935），廣東儋縣修志，彙收的東坡作品較王、劉二集詳備齊全，包括表、記、賦、詩、論、銘、頌、說、書跋、啟、尺牘、雜著共二百一十二篇（包括誤編在內）。

　　最近看到林冠群編注的《新編東坡海外集》，他是依據中華書局一九八二年出版的《蘇軾詩集》及一九八六年出版的《蘇軾文集》為底本，參考原有的注釋整理編輯，文字清晰，明白雅俗並行，引用前代注家注釋，並經查閱原出處訂正改寫補充，周全詳審。這部《新編東坡海外集》，二〇一五年由中州古籍出版社出版。

孫德謙與《六朝麗指》 *

一　孫德謙著作豐富

　　孫德謙（1869-1935），字益菴，江蘇元和人，歷任江蘇、浙江通志局編纂，存古學堂教員，蘇州東吳大學、上海國立政治大學及大夏大學教授，據悉其晚年隱居於上海愛文義路。孫德謙著作豐富，主要的論著有：《太史公書義法》、《古書讀法略例》六卷（民國二十五年，商務印書館出版）、《劉向校讐學纂微》一卷（民國十二年刻本）、《漢書藝文志舉例》、《六朝麗指》一卷（民國十二年刻本）等，除外他還輯有《孫隘堪所著書》四種（民國十四年家刻本）、《群經義綱》、《諸子通考》、《金穰山段氏二妙年譜》二卷、《文選學通義》若干卷及《四庫全書提要補訂》一卷等。

　　然而在前面所列舉的著作中，其中《六朝麗指》是孫德謙在民國十二年所刊刻的，這是一本有關六朝駢文的評論集，全書共一百節，每一節文字長短不一，但是就體裁、理論而言，則是前後一貫，層次分明，作者自由地將自己對駢文的意見例舉證說，文字十分的謹嚴、典雅，雖然並非長篇大論，但卻給人讀後印象深刻，而這種文學批評方式，或許我們可以稱它為中國傳統式的論述方式吧！

---

* 　原載《國文天地》12卷8期（總140期）（1997年1月），頁40-44。

二 孫德謙主張駢散兼行寫作

至於談到孫德謙的文學立場，就他在《六朝麗指》一書中所論說者而言，他基本上是主駢散兼行的，其在《麗指》第二十六節中就說：

> 文章之分駢散，余最所不信，何則？駢體之中，使無散行，則其氣不能疏逸，而敘事亦不清晰。

又，在三十四節中也有這樣的一段文字，云：

> 夫駢文之中，苟無散句，則意理不顯，吾謂作為駢體，均當如此，不獨碑誌為然。

又，在七十四節中也說：

> 後人但賞其藻采，而於氣體散朗，則不復知之，故即論駢文，能入六朝之室者，殆無多矣。

從以上所舉的文字中可以清楚看出來，孫德謙對駢文的寫作是主張以「駢散兼行」為主的，但關於「駢散兼行」的主張，如果我們深入探究的話，其實此一主張並非始於孫德謙，而應該是在清中葉由袁枚（1716-1797）和劉開（1781-1821）所提倡的，對此我們或許可從袁枚〈答友人論文第二書〉中得到證明和瞭解，其文云：

> 尚書曰：欽明文思安安。此散也。而賓於四門，納於大麓，其駢焉者；非也？易曰：潛龍勿用，此散也。而體仁足以長人，

嘉會足以合禮,其駢焉者;非也?安以其散者為有用,得駢者
為無用也。

又,劉開〈與王子卿太守論駢體書〉中也說:

夫文辭一術,雖體百變,同道本源,以經緯錯成文,為玄黃合
采,故駢散並派爭流,塗殊合轍,千枝競秀,乃獨木榮也。九
子形異,本一龍產也。故駢中無散,則氣壅難疏,散中無駢,
則辭易孤瘦,兩者但可相成,不能偏廢。

從以上所引袁枚及劉開對「駢散兼行」的論說文字比較看來,大致可
瞭解到孫德謙在其論著《六朝麗指》一書中所提及的有關「駢散兼
行」的概念應該是前人曾經提出過的,而他只是將「駢散兼行」此一
主張折衷加以發揮與詮釋。孫德謙對「駢散兼行」的意見與看法,當
然較之前面袁枚及劉開的主張來得更為寬鬆些,那就是「亦當少加虛
字,使之動宕」,而這點也可說是他在論析駢文理論時特別堅持的意
見之一,在《麗指》第十六節中他就明白地說:

作駢文而全用排偶,文氣易致窒塞,即對句之中,亦當少加虛
字,使之動宕。

又,在三十六節中也說:

文亦有血脈,其道,在通篇虛字,運轉得法,……夫文而用駢
體,人徒知華麗為貴,不知六朝之妙,全在一篇之內,能用虛
字,使之流通。

為何孫德謙提出此一看法呢？就一般來說，駢文在寫作上，為了配合
對偶而作四六相對的文句，故而往往將虛字省略掉，這點當我們在閱
讀駢體文作品時也有如此的發現，於是對此問題孫德謙認為虛字的加
入是有其必要的，所以在其論著《六朝麗指》第四十五節中他就批評
說：「文章承轉，上下必有虛字，六朝則不然，往往不加虛字，而其
文氣已轉入後者」，或「文氣易致窒塞」等，這些都是針對六朝駢文
偏重排偶而省略了虛字的缺失的一些看法與批評。當然孫德謙對駢文
中運用虛字這個看法是極為堅持的，其中還有孫德謙對於過去所稱的
「四六文」這個稱呼也有不同的意見，例如在《麗指》第四十七節中
就有這樣的一段文字說：

> 四六之與駢文，其體不同……。蓋彼時（指六朝）本無所謂四
> 六也。且六朝之中，駢四儷六詩家文字，固時有所見，亦必有
> 虛字，行乎其間，使之流動。非如塗塗附者也。試觀傅季友為
> 宋公修楚元王墓教，愛人懷樹，甘棠猶且勿翦，追甄墟墓，信
> 陵尚或不泯。略舉此篇，可知即用四六，亦無有失之平板者。

在這段文字中孫德謙清楚地說出了四六與駢文之不同，並且也列舉了
一些例文予以說明，再則他也提及了駢文中應可使用虛字，如此則可
使文氣流動，文意易辨而不窒塞，由此可見孫德謙對駢文的寫作及文
體的辨析方面是多麼的注意與用心！

除了前面所提到孫德謙在駢文論析方面的一些見解和主張之外，
現在再讓我們進一步探討其對一篇駢文作品的鑑賞條件是什麼？關於
這點，他曾提出對一篇作品要注意的是它的「氣韻」、「氣息」、「神
韻」、「氣局」等，當然這些都是有關文章的氣勢問題，所以他在《六
朝麗指》中，或可以下列數則為最重要者，如第十五節中云：

而六朝文之可貴，蓋以氣韻勝，不必主才氣立說也。《齊書》〈文學傳〉論曰：放言落紙，氣韻天成。此雖不專指駢文言，而文章之有氣韻，則亦出於天成，為可知矣。余嘗以六朝駢文，譬諸山林之士，超逸不群，別有一種神峰標映，貞靜幽閒之致。其品格孤高，塵氣不染，古今亦何易得，是故作斯體者，當於氣韻求之。若取才氣橫溢，則非六朝真訣也。夫駢文而不宗六朝，擬之禪理，要為下乘，使果知六朝之妙，試讀彼時諸名家文，有不以氣韻見長者乎。

又，在第二十六節中也說：

蓋所貴乎駢文者，當玩味其氣息，故六朝時，雖以駢偶見長，於此等文，尤宜取法。

又，在第九十八節中也說：

彼時（指六朝）文字，以氣體勝，至後人學之，適見其荒儉，如此摹古，非孫子所謂善之善者。……故余論駢文，平仄欲其諧，對切欲其工，苟有志乎古，所貴取法六朝者，在通篇氣局耳。

又，在第十八節中也說道：

師法六朝者，吾願其涵泳於神韻，則善之善矣。

我們知道就散文而言是主文氣旺盛，如此則言無不達而辭無不舉，然而至於駢文則是以氣韻勝，如此則能達到情致婉約，搖曳生姿的境

地！就前面所列舉各點的文字內容考察比較看來，孫德謙對於駢文在寫作或鑑賞的立場上，他對一篇作品在氣韻的運構上得當與否是十分重視的！

三 《六朝麗指》兼容並包的文學觀

再則，我們在《六朝麗指》一書中還發現另一特點，那就是關於駢文作品中內容不僅僅是一味著重於風花雪月之描繪，而是要能兼對世道人心之表達與關懷！這樣才能顯現出文學作品的精神內涵。對此當然就一個文學創作者的立場而言，這應該是極重要的意見與責任！在《麗指》第三十九節中，他這樣說道：

> 論者多薄六朝文，此兩詔（即：齊武帝「禁奢靡詔」，北齊文宣帝「禁浮華詔」）皆有裨世道之作也。

又，在三十九節中也說道：

> 人多斥六朝浮靡，以為文無實用，要知不然，梁武帝申飭選人表，論選舉也。孔德璋上法律表，言刑法也。牛宏請開獻書之路表，尊經籍也……六朝之文，雖謝賚各啟，無與世道，然亦可知其文不虛構也。

又，在九十七節中也說：

> 故讀六朝文，無謂其體用駢，而於世道有關係者，亦不經意。

　　綜觀孫德謙所著《六朝麗指》，這本有關駢文的論評專著，在前面所敘及的各點，或許可說是作者主要的觀念與見解。當然在全書一百則的論說文字中，從評論駢文的用字、用典及韻律到駢散兼行，或虛字文氣，或謀篇運典，或明通語法等的分析舉證，大致可以看出孫德謙對駢文的主張與發展提出了一個寬廣的研究途徑！故而我們可以肯定地說孫德謙的《六朝麗指》一書是一本值得詳細研讀的文學論評專著，其次作者對駢體文理論之建立，見解之開展之外，並提出了駢文的修辭觀及鑑賞論等等，當然這也可說是作者擬從美學觀點深層地去開啟對文學研究的另一新方向！

謝枋得與《文章軌範》[*]

　　如果提起《文章軌範》這個書名，國人可能會感到陌生或不知道這是一本屬於什麼性質的書！其實它的內容可說是類似目前流行在市面上的《古文觀止》一樣的一本古文選集，在日本此選集相當普遍流行，它不僅有通譯、語譯，且自江戶時期開始就有海保漁村的《補注文章軌範》、賴山陽的《評本文章軌範》、明治時期有三島中洲的《文章軌範評注》以及現代由前野直彬譯注出版的《文章軌範》〈正篇〉（上下冊，新釋漢文大系，第十七）等。又經調查目前收藏在京都大學人文科學研究所中則有：《文章軌範》七卷（宋謝枋得輯，乙未刊本靜園藏板）、《疊山先生批點文章軌範》七卷（宋謝枋得輯，嘉永六年昌平坂學問所據元本重刊）、《增纂評註文章軌範正編》七卷《續編七卷》（正編宋謝枋得輯、明茅坤注、明李廷機評、明顧充集評、續編明鄒守益輯、明焦竑評、廷機注、寬政六年大坂河內屋源七郎等刊本）。由此可見它在日本漢學界中之受重視情形。

　　《文章軌範》一書是宋謝枋得（1226-1289）所編纂的，枋得字君直，信州弋陽人，號疊山，寶祐年進士，為人豪爽，每觀書，五行俱下，一覽終身不忘，性好直言，一與人論古今治亂國家事，必掀髯抵几，跳躍自奮，以忠義自任¹，不巧他生逢亂世，那時正是宋國北方受元軍所壓迫而近滅亡之際，當時他曾對賈似道主張與元軍議和提

＊ 原載《國文天地》8卷9期（總93期）（1993年2月），頁96-99。
1 《宋史》（北京：中華書局），卷425，〈列傳第一百八十四〉。

出批評，而遭到流罪，然於咸淳中，被赦歸，旋又於德祐初出任江西省信州提刑之職，其間由於對抗元軍失利，城陷，走隱於建寧唐石山，當一二七九年宋朝滅亡後，居閩中，後被元軍發現，被拘回元都，絕食自殺而亡，年六十三，門人私謚文節，世人則稱疊山先生。謝枋得注有《易經》及著有詩文等六十四卷，然留傳後世的僅《疊山集》（四庫全書集部所收）與《文章軌範》而已。

　　《文章軌範》為謝枋得所稱的古文選集，提到「古文」不免要教人想起有關我國古文運動的流變歷史，所謂「古文」，或許可說是指稱六朝時期流行的「駢文」，講究四六駢句，結藻清英，流韻綺靡，猶如蕭繹在《金樓子・立言篇》中所云：「綺縠紛披，宮徵靡曼，脣吻遒會，情靈搖蕩」，極端地講求華藻裝飾，聲律技巧，而忽視文學作品的思想內容，對此，產生了唐韓愈、柳宗元開始提倡古文運動，反對駢文，主張「學所以為道，文所以為理」（〈送陳秀才彤序〉），竭力提倡表現古道和古學的古文，在這裡韓愈繼承了柳冕所提出的「故言而不能文，非君子之儒也；文而不知道，亦非君子之儒也」（〈答衢州鄭使君論文書〉）之觀念；除外韓愈也讚美孟子能夠用言辭來攻擊異端的楊朱、墨翟學說，保衛儒家之道，並結合當時的現實情況，強調反對佛老！

　　此古文運動入宋後則有歐陽修、蘇軾繼承之，而在此際對古文而言特別重視文體，反對艱深怪僻，提倡平易通達，主張文學須有為而作，重實用而反空文，於是在此《文章軌範》中所收的古文家，例如：韓愈、柳宗元、歐陽修、蘇洵、蘇軾等的作品在比例上也顯得較多。之外，謝枋得何以編纂此一古文選集，其中原因似乎未曾敘及，但我們從王陽明先生的〈文章軌範序〉中可得到瞭解，他說：

　　宋謝枋得氏，取古文之有資於場屋者，自漢迄宋凡六十有九篇，

　　　　標揭其篇章句字之法，名之曰文章軌範，蓋古文之奧不止於是，
　　　　是獨為舉業者設耳……[2]

在這裡所提及的「場屋」，就是現在的考場，我國自隋唐以來，為了
高級官員的採用，而設置的考試方法與制度，就一般上來說應該是相
當完備的，宋以後通過這種考試方式而金榜題名當上了官吏，它已成
了知識階層的一種最高的奮鬥目標；其次，至於文中的「舉業」一
詞，也就是科舉（官吏錄用考試）應試準備，雖然考試的課目由於時
代變遷而不一，但是，其中詩文涵養及能力應該是不會改變的，這也
就是說在文學的能力上，對於合格與否的決定上來說是有著其關鍵性
的存在的。

　　由於這種因素，所以對「舉業」心存理想的知識人來說，在寫詩
作文上那就必須下工夫磨練了！《文章軌範》也就是為了應試者所選
錄編纂的一本參考書或模範文集，「文之奧不止於是，是獨為舉業者
設耳……」，陽明先生說得非常清楚。再而這本選集，它與其他選集
頗有不同之處，那就是全書共七卷，每卷以「侯王將相有種乎」七字
分開為題，例如：第一卷：侯字集、第二卷：王字集、第三卷：將字
集……編者以「侯王將相有種乎」七字分別作為每卷的名稱，編者如
此地設計，一定有他的用意所在的，其實這句話不外是在強調「侯王
將相」無所謂什麼種不種的！即使身份再昂高者，也並非生下來時就
決定了的，乃是經過自我的奮鬥與努力才能達到如此境地的！同時這
對一位學習模擬者來說，當中的確也隱含了多少鼓勵的意義和作用！

　　接著讓我們來看看這本選集的編輯方式，它與一般的選本以時代
順序的排列法也頗不同，其極重視文例，比如第一卷、第二卷為放膽

──────────────

2　（明）王守仁：《王文成公全書》（上海：商務印書館，1936年，影印《萬有文庫》
　　本），卷22。

文，第三卷以下則為小心文，在每卷的前頭附有說明文字，現在擬將七卷僅就說明文部分列舉於下：

卷之一〔侯字集〕放膽文：

大凡學文，初要膽大，終要心小，由麤入細，由俗入雅，由繁入簡，由豪蕩入純粹，此集皆麤枝大葉之文，本禮儀，老世事，合人情，初學熟之，其胸開廣，其志氣發舒，但見文易不見文難，必能放言高論，筆端不窘束焉。

卷之二〔王字集〕放膽文：

辯難攻擊之文，聲色雖厲，鋒鋩雖露，然氣力雄健光燄長遠也。讀之使人意強神爽焉，初學熟此，文必雄，千萬人之場屋中，有司亦當可刮目。

卷之三〔將字集〕小心文：

議論精明斷制，文勢圓活婉曲，有抑揚、有頓挫、有擒縱，場屋程文之論（注：此指答案之論文），當用此種文法（注：此指文章寫法），先暗記侯王兩集，下筆無滯礙，便當可讀此。

卷之四〔相字集〕小心文：

此集文章占強道理，以清明正大之心，發英華果銳之氣，筆勢無敵，光燄燭天，學者熟之，作經義、作策，必擅大名於天下。

卷之五〔有字集〕小心文：

> 此集皆謹嚴簡潔之文也，在場屋中有日晷限，巧遲不如拙速，
> 論策之結尾，略用此法度，主司必以異人待之。

卷之六〔種字集〕小心文：

> 此集才、學、識三者皆高，議論關世教，古之立言不朽者如是
> 哉！葉水心（注：名適，宋文人，屬事功派思想家）曰：「文
> 章不足關世教，雖工無益也」，人能熟此集，學進、識進，而
> 才亦進焉。

卷之七〔乎字集〕小心文：

> 韓文公，蘇東坡二公之文，皆覺悟於莊子，此集可與莊子並驅
> 而爭先。

從前面卷一到卷七看來，我們很清楚地瞭解到編纂者的用心，他告訴讀者如果依照順序地學習的話，漸漸地將會理解各種文體的特性及寫作的技巧，當然對準備參加科舉的人來說，應該是極重要和渴望的一點吧！

　　謝枋得所編纂的這本《文章軌範》選錄的古文總數共六十九篇，這六十九篇的作品清楚地顯示出了所選錄作品以古文派為重心，然而這選集也並不表示全為場屋有關方面的文章，其實謝氏所選錄者不過是一些可作為考試寫作模範的文章範例而已，這點當然我們可以理解，同時它也正如王陽明先生所說的，此書所選者並非古來之傑作都

匯集於此！但是即使選者偏重於議論文為主，然其中卻也出現了贈別序文性質之類的文章；之外，其他一些古文的確是被傳誦的名文卻被遺漏了！例如：墓誌銘、傳記等在這裡則似乎一篇也沒被選錄，因而我們就整體來衡量則稍嫌在選文上顯得有些偏頗不均的地方！

　　謝枋得的這本《文章軌範》，在國內好像甚少被人注意，或許可能它是屬於一本作文模範因而不被重視？又倘若說它是一本價值不高的古文選集的話？可是，就一般情形看來則又似乎不然？比如：王陽明先生曾替此選集重刻時作序，茅坤、李廷機、顧充等人也曾為之評注或集評，再而，當流傳到日本後，在寬政年間大坂河內屋源等曾為之重刊及以後的注釋、通釋、語譯，一版再版，在漢學界普遍流行等看來，《文章軌範》應該是一本值得我們注意和頗有參考學習價值的古文選集吧！

《古文真寶》在日本*

一 《古文真寶》在朝鮮、日本家喻戶曉

《古文真寶》二十卷（前集十卷、後集十卷），為元朝黃堅所編的詩文總集，其實原書並未留傳下來，今天所見者乃元朝林楨（以正）校訂並附加注釋者。此詩文集盛行於元、明之間，後傳至朝鮮、日本而成了家喻戶曉的漢籍之一。《古文真寶》是為當時私塾所編的教學課本，所以歷代文人及藏書家根本很少注意到此書，再而原書早已散佚，編者生平也不詳，後人依據注釋本流傳開來，因此對此書的成立情形便顯得較不清楚。

關於前面提及編者——黃堅，依據明弘治十五年（1502）青藜齋的《重刊古文真寶跋》中提到永易（陽）黃堅所集編《古文真寶》二十卷，而這可說是有關編者的唯一資料。

根據史書上的記載，永陽是唐代設置的郡名，宋、元、明三代的滁州，也就是現在的安徽省滁州市。然而在現存的集子而言，其中選收了宋代三十二人的作品，當中南宋三人，在三人中最近者為謝枋得（1226-1289）[1]，如果謝枋得的作品「菖蒲歌」並非後人所附加的話，那原書的編者最早應該是元朝初年的人。

又，據《元史》卷十七，世祖本紀的至元二十九年閏六月辛亥

---

* 原載《書目季刊》29卷4期（1996年3月），頁50-58。

1 謝枋得，字君直，號疊山，信州弋陽人。著有詩文集《疊山集》十六卷，收入明刊本四部叢刊續編。亦見於《宋史》四二五，《宋詩紀事》六七。

（一二九二年八月五日）條，發現有所謂左江總管黃堅的名字。左江為南寧路（今廣西壯族自治區南寧市）西，大致是在鬱江上源左江南北一帶，廣西兩道宣慰司的管轄下設置的。但是這裡的黃堅是否也就是《古文真寶》原編黃堅呢？這仍尚是個疑問？

又、據清代所編《元人著作目錄》一書，比如其中金門詔的「補三史藝文志」、盧文弨的「補遼金元藝文志」、錢大昕的「補元史藝文志」等則記載了黃堅著有《遯世遺音》一卷。且在「補遼金元藝文志」及「補元史藝文志」中注記有：「黃堅字子貞，豐城人」。

又、據黃虞稷《千頃堂書》，編收了明人的著作目錄，可是其中雜入了許多元人的著作，但在此目錄中也收錄了黃堅的《遯世遺音》一書，《千頃堂書目》所揭舉的書目中，時間最早關於黃堅的記錄為：「字子貞，豐城人，明初吏部尚書黃宗載之父。」

黃宗載（1356-1434），據《明史》卷一百五十八列傳的記載，名垔，字厚夫，豐城人，洪武三十年（1397）進士及第，晚年當副都南京吏部尚書。而這裡豐城，就是今天的江西省豐城縣。

然而就《遯世遺音》一書的書名來推測，則此書應是收集當世一些不被注意到的詩人作品集，由此《遯世遺音》的編者黃堅，另外也同樣地收集了一些古人在當時不被注意的詩文而編成了《古文真寶》一書，我想這情形應該是很有可能的！這樣子如果說前面所提及的黃宗載的父親是此書的編者的話，從一般常識上去推測，黃堅應該是出生在一三〇〇年前後，與《古文真寶》的內容也頗合道理，而至於在《元史》上所見的黃堅很可能是同姓名的另一個人了。其次關於編者原籍問題，在青藜齋的跋文中恐有所誤，因為安徽省與江西省的南北境相交接，而當元朝末年大動亂時為了避亂，黃堅於是只好舉家遷移至豐城來居住，因此有了兩處不同的記載，這點也是值得我們應加以考慮的地方！

二　《古文真寶》從注本到刊刻之流行

關於《古文真寶》的刊刻問題，當原書出版後不久，便有注釋本的出現，由林楨校訂及輯注。根據元朝至正二十六年（1366）鄭本（士文）的序文，云：

> 惜乎舊所梓行，率多刪略，注釋不明，讀者憾焉。有三山林以正先生者，授徒之暇，閱市而求書，未善者正之，繁者芟之，略者詳之，必歸於至當而後已。

此段文字說明了林以正在授課之餘對流行本的加以刪略、校訂及注釋的情形。

林楨字以正，三山（福建省福清縣南東）人，著有《詩學大成》三十卷，其實此書為元朝毛直方所編，而林楨加以增補者，關於這點在清陸心源《儀顧堂題跋》、清丁丙的《善本書室藏書志》中均有所考證。

前面所提到的鄭本，從其序文中得悉，在至正二十六年時，林楨將《古文真寶》加以校訂、輯注本刊行，而林楨的校訂、輯注本就當時來說是最早者，由鄭本的序文可得知，云：

> 古文真寶先師（林楨）用心之勤矣，猶未有以題其首，非缺歟。

由此一般便稱之為「魁本大字本」，正確的全稱應該是「魁本大字諸儒箋解古文真寶」。「魁本」的原本是以大字彫刻的。所謂的「諸儒箋解」，就是彙輯多數學者的注釋之意。魁本大字本，至正二十六年刊刻者現在已不留存，而現存者乃其他元刊本（元代刊刻者）之殘卷及

傳至日本南北朝時刊刻的覆元刊本。然在鄭本的序文有云：

> 真寶之編，首有勸學之作，終有出師、陳情之表，豈不欲勉之
> 以勤，而誘之以忠孝乎，此編者之微意也。

卷首為「勸學文」，卷末為「出師表」、「陳情表」之編次，此與至正
二十六年的刊本體裁大致相同。目前在日本《古文真寶》一書可說是
日人必讀的中國漢文古籍之一，現存在日本的有覆刻魁本大字本，其
與原書黃堅所編者頗為相近。

　　至於《古文真寶》的內容，魁本大字本，前集十卷，後集十卷，
前集所收者主要為詩歌（指古風），後集則為散文（指古文）。詩歌在
晉以後六朝期間，所描寫者多追求繁富艷麗的辭采，形成一種「縟旨
星稠，繁文綺合」[2]的靡麗文風，缺乏爽朗剛健的氣息，內容亦顯空
疏。從唐初至盛唐由陳子昂、張九齡等主張，詩恢復漢、魏時的古
風，洗脫宮體詩的華麗。古文方面則以中唐韓愈、柳宗元等為中心，
然其中也雜入一些四六駢儷文，就整體而言，主要是在提唱三代兩漢
質樸的古文精神。

　　《古文真寶》前集的文體約可分為，勸學文、五言古風短篇、五
言古風長篇、七言古風短篇、七言古風長篇、長短句、歌、行、吟、
引、曲等。其中「勸學文」為歌謠體的作品，其所以收錄且安置於卷
首之原因，據鄭本（士文）的敘文中所云：「真寶之編，首有勸學之
作……豈不欲勉之以勤……」由此可知頗有勸勉獎勵之意義在也。

　　後集所收的文體則可分為：辭、賦、說、解、序、記、箴、銘、
文、頌、傳、碑、辯、表、原、論、書等十七類。因此前後集合而觀

2　《宋書》卷六十七〈謝靈運傳〉：「降及元康，潘陸特秀，律異班賈，體變曹王，縟
　　旨星稠，繁文綺合，綴平臺之逸響，採南皮之高韻。」

之，則前集從漢始至南宋止，收錄作品二百十八首，後集則自先秦始
至北宋止，收錄作品六十七篇，詩文總共收錄了二百八十五篇。如果
就所收的作品比例上而言，則唐百五十篇最多，其次是宋八十七篇，
六朝時作品二十七篇，先秦時作品《楚辭》一篇。

再而我們就作者時代分別來看，則唐宋各三十二人，漢七人，晉
五人，三國、南齊、梁各二人，先秦、劉宋各一人，總共八十四人。
如果就個人作品選錄比例而言，則李白四十二篇、杜甫三十四篇、韓
愈二十七篇、蘇軾二十一篇、陶潛十六篇，這些是屬於選錄篇數較多
者，而其他作者則平均選錄，沒有特別偏向那一位。魁本大字本所收
諸儒僅以姓氏字號稱呼，以下大致舉例一些較生疏的作者。如：

樓迂齋 —— 樓昉

謝疊山 —— 謝枋得

陳休齋 —— 陳知柔

楊誠齋 —— 楊萬里

蘇叔黨 —— 蘇過

陳無已 —— 陳師道

蘇養直 —— 蘇庠

唐子西 —— 唐庚

韓子蒼 —— 韓駒

馬子才 —— 馬存

謝幼槃 —— 謝邁

張文潛 —— 張耒

張乖崖 —— 張詠

王逸少 —— 王羲之

王子淵 —— 王襃

以上所列的作者在文章中均以姓字稱呼，有些並非我們平時所常見者，這些作者大多為宋代人。

三　《古文真寶》諸種刊本之考察

《古文真寶》原本在我國古代是屬於私塾的讀本，由於各地方的需要不一樣而有被改編後出版的，所以在文章的篇數上就多少有了差別。目前在日本尚保存著幾種舊刊本，雖然不是原刊者，多為當時從中國、朝鮮傳至日本後，因為一般讀書人的需要，而把元刊本加以覆刻，此書於是得以流傳下來，現在擬就此詩文集的刊本及流傳日本情形簡略地介紹如下：

一、《魁本大字諸儒箋解古文真寶》（前集十卷、後集十卷），元黃堅輯、元林楨（以正）校訂及輯注。

（甲）至正二十六年（1366）序刊本，佚。

（乙）元刊本，殘卷。日本南北朝覆元刊本。

（丙）弘治十五年（1502）青藜齋重刊本，佚。

甲刊本，元至正二十六年存有鄭本（士文）的序文，在當時刊行，現在已不存。依照今天尚存的鄭本序中所言，開始為「勸學文」，末為「出師表」及「陳情表」。

乙刊本，在日本南北朝時代（-1392）覆刻元刊本，此刊本目前保存在內閣文庫、東洋文庫、尊經閣文庫、靜嘉堂文庫、國會圖書館及天理圖書館。

丙刊本，或稱俗弘治本，已佚。就現尚保存明弘治十五年青藜齋所寫的跋，其中有云：「予（青藜齋）偶得善本，巡撫之暇，略加點校，因命工重刊」，可知此刊本在弘治十五年青藜齋重刻者，所收錄的文章體別「二十有七體，三百十有二篇」（見跋文）。又注云：「前集二百四十五篇，後集六十七篇」。

　　二、《諸儒箋解古文真寶》（前集十卷、後集十卷），元黃堅輯、元林楨校訂及輯注，前集萬曆九年（1581）、後集萬曆十一年（1583）司禮監重刊本。

　　此刊本在明神宗（1573-1620在位）司禮監奉旨重刻的，也就是所謂的經廠本[3]。前集附有青藜齋的跋文；後集則附御製的序文及跋文。在御製序中有「舊本凡三百十有二篇，今增以三十五篇」，也就是說神宗將弘治本原來的三百十二篇多增補了三十五篇。可是依今存本所收篇數，則為三百六十二篇，在編次上與魁本大字本頗有出入。在日本東洋文庫及內閣文庫均藏有此刊本。每半葉八行，每行二十字。

　　三、《京板新增註釋古文真寶》（前集十卷、後集十卷），明葉向高注，萬曆三十六年（1608）鄭世容刊本。

　　此刊本為萬曆三十六年由書坊鄭世容所刊刻者。日本內閣文庫藏有此書。每半葉十行，每行二十字，也稱為坊刻本。其編次大致沿襲魁本大字本，特別加入插圖，總收錄三百四十二篇文章。注釋者葉向高（1559-1627），字進卿，福清（福建省福清縣）人，在《明史》卷二百四十有傳。

　　四、《評林註釋要刪古文大全》（後集十一卷），萬曆中（1573-1619）余文臺刊本。

　　在此文集的卷本題有「克勤齋余文臺梓行」的字樣。為明萬曆年間在建安（福建省建甌縣）經營書坊的余文臺所刊刻者。日本內閣文庫藏有此書，每半葉九行，每行十八字。也稱麻沙本。建安縣自宋代開始為書坊集中地，尤其是麻沙鎮尤為繁密。故而有此稱，余氏家族

3　明司禮監有經廠庫，其所刻書謂經廠本。（清）葉德輝：《書林清話》（臺北：文史哲出版社）「明時諸藩府刻書之盛」：「司禮監所刻書，見於經廠書目，世所傳經廠大字本」。

經宋、元、明三代在建安經營書坊，素有聲名，且明代余文臺又著有
小說《西漢志傳》及《四游記》，至於此《評林註釋要刪古文大全》
應是由余文臺負責編集的。其次由於當時有所謂《史記評林》、《漢書
評林》的出版，於是「評林」二字也成了世面流行的名稱，當余文臺
在編輯古文大全時想必也因此而採用了此流行的名稱吧！再而在書名
上有所謂「要刪」者。乃是對魁本大字本的注釋多少有所刪取之意
也。最後就是余文臺刊本較魁本大字本的後集多收了十二篇文章，變
成了七十九篇。

　　五、《詳說古文真寶大全》（前集十二卷、後集十卷），明末伯貞
音釋、明劉剡校正，朝鮮隆慶元年（1567）銅活字印本。

　　此刊本為朝鮮所翻刻，所謂的朝鮮本。內閣文庫藏存此書。每半
葉十行，每行十七字。在前集卷一開始的地方有三行題記，云：「前
進士宋伯貞音釋，後學京兆劉剡校正，東陽進德詹氏刊行」，而朝鮮
應是依此刊本為底本翻刻的。在諸刊本中，此集收錄文章最多，三百
七十三篇，前集由卷一到卷七，頗與魁本大字本相似，但後集在編
次、作品的時代順序上都完全改變。以上僅簡略地介紹了五種有關
《古文真寶》的刊本及其流傳。

　　接著讓我們來看看《古文真寶》傳到日本後，如何地受重視而流
傳開來，同時以後又有那些注釋新書的出版？就書誌史上的考察，
《古文真寶》元版魁本大字本，在室町時代（1401-1573）就已傳至
日本，當時為初學者必讀之書，十分流行。

　　在五山的禪院中也常開講《古文真寶》，且覆刻元版《古文真
寶》一書，也就是後來所謂的南北朝覆元刊本，於是《古文真寶》便
成了當時日人必讀的課本講義。

　　此外又有桂林（德昌）、湖月（信鏡）、一元（光寅）、萬里
（集）諸禪僧也對《古文真寶》加以注釋出版，這些都被稱之為抄

本，如：

　　《古文真寶抄》，十卷，常庵（龍宗），大永二年（1522）。
　　《古文真寶抄》，十卷，笑雲（清三），大永五年（1525）。
　　《古文真寶抄》，十卷，仁如（集堯），慶長十四年（1609）。

　　以上三者中笑雲清三的《古文真寶》是桂林、湖月、一元、萬里等的集大成，現在留存下來者有，元和三年（1617）的木活字印本（古活字），寬永十九年（1642）兩刊本。

　　到了江戶時期，《古文真寶》仍然十分盛行，為一般讀書人所愛讀，並用為童子的教科書。小科道安（1677-1746）在《槐記》中云：

> 良山公御為，美濃紙四半本，字極細，《古文》之前後集，《三體詩》上中下，〈長恨歌〉、〈琵琶行〉之類，凡十一部為一冊，為御旅行書者。

又、清田儋叟（1719-1785）所著《孔雀樓筆記》中云：

> 三輪安立先生，何許人不得知，……予，童子時，先人對予，受安立先生句讀，予對《古文真寶》，一次讀十枚。

由此可見當時《古文真寶》在日本被一般讀書人所重視的情形。之外，在注釋書當中還有《古文真寶諺解大成》，也是一部極富價值的好書。此書在寬文三年（1663）首先出版後集，天和三年（1683）再出版前集。後集則為林羅山（信勝）的《古文真寶抄》，鵜飼石齋（信之）的增補；而前集則為榊原篁洲（玄輔）的注釋。同收在《先哲遺著漢籍國字解全書》（早稻田大學出版部編刊）。《古文真寶》一書在日本自元和三年（1617）木活字印，寬永十九年（1642）刊者之

後，到底又有那些評註、校正、拾遺、新釋或講義等的新書出版呢？
現在就按照年代的順序列舉如下：

1. 《古文真寶抄》十卷，笑雲清三，元和三年（1617）木活字印，
   寬永十九年（1642）刊。

2. 《古文真寶後集諺解大成》二十卷，林羅山（信勝）諺解、鵜飼
   石齋（信之）大成，寬文三年（1663）刊。

3. 《鼇頭評註古文前集》十卷，宇都宮遯庵（由的），元祿九年
   （1696）刊。

4. 《古文真寶後集合解評林》十卷，毛利貞齋（瑚白），延寶七年
   （1679）刊。

5. 《古文真寶前集諺解大成》十七卷，榊原篁洲（玄輔），天和三
   年（1683）刊。

6. 《古文真寶後集舊解拾遺》三卷，長澤粹庵，貞享三年（1686）
   刊。

7. 《古文真寶講述》十卷，梅康，元祿五年（1692）刊。

8. 《古文真寶後集俚諺抄》二十卷，毛利貞齋（瑚白）。

9. 《古文後集余師》，增田春耕，文化八年（1811）刊。

10. 《古文前集余師》四卷，森伯容箋解、岡本東皋校，天保七年
    （1836）刊。

11. 《補正標註古文真寶》，撰者不詳，明治十三年（1880）刊。

12. 《纂評古文真寶》二卷，川島棋坪（敬孝），明治十三年
    （1880）刊。

13. 《增評古文真寶》，大竹政正，明治十三年（1880）刊。

14. 《增註纂評古文真寶讀本》二卷，藤森溫高，明治十三年
    （1880）刊。

15. 《標註古文真寶》二卷，朝野泰彥訓詁，明治十五年（1882）
    刊。

16. 《增評補註古文真寶校本》二卷，岡本行敏，明治十五年（1882）
    刊。

17. 《鼇頭註釋古文真寶》四卷，長谷川義道，明治十六年（1883）
    銅版。

18. 《鼇頭音訓評註古文真寶》二卷，馬場文英，明治十七年（1884）
    刊。

19. 《文法標解古文真寶註釋大全》二卷，山本憲，明治十七年
    （1884）刊。

20. 《訂正標記古文真寶》，平山政澐，明治十六年（1883）刊。

21. 《古文真寶講義》七卷，松平錦水，明治十八年（1885）刊。

22. 《古文真寶新釋》，久保天隨（得二），明治四十二年（1909）鉛
    印。

23. 《箋解古文真寶後集》十卷，服部宇之吉，明治四十三年（1910）
    鉛印。

24. 《古文真寶》「中國古典」二十六，佐藤保、和泉新譯註，昭和
    五十九年（1984）學習研究社出版。

25. 《新釋漢文大系古文真寶前集》上下，星川清孝譯。

26. 《古文真寶選新解》，星川清孝，東京明治書院，昭和六十二年
    （1987）出版。

後記：有關《古文真寶》此一古文選集，本人與李明女士曾作蒐
集研究，而本文主要是簡介此漢籍目前仍廣泛流傳於日本及受重視之
情形。特此附誌。一九九六年二月。又，在日本所見不同刊本首頁影
印附錄於後。

南北朝覆元刊「魁本大字諸儒箋解古文真寶」（內閣文庫所藏）

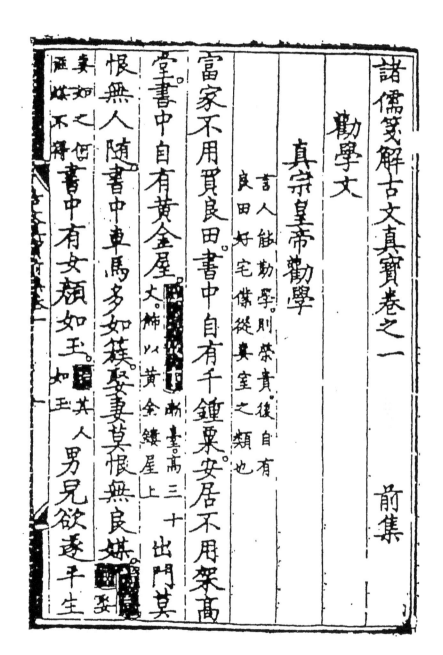

萬曆十一年（1583）司禮監刊「諸儒箋解古文真寶」（內閣文庫所藏）

評林註釋要刪古文大全卷之一　後集　十一

辭類

秋風辭　武帝

上行幸河東，祠后土，顧視帝京，欣然中流，與群臣飲燕，上歡甚乃自作秋風辭曰

秋風起兮白雲飛，草木黃落兮鴈南歸。蘭有秀兮菊有芳，懷佳人兮不能忘。泛樓船兮濟汾河，橫中流兮揚素波。

萬曆中余氏克勤齋刊「評林註釋要刪古文大全」（內閣文庫所藏）

朝鮮隆慶元年（1567）內賜記銅活字印「詳說古文真寶大全」
（內閣文庫所藏）

京板新增註釋古文大全卷之一 後集

辭類

秋風辭 武帝

徐齊云詩變而為騷騷變而為辭辭則燕詩之變皆可歌也遂為者漢武帝困於秋風辭之一章凡三息乃作秋風辭興乎

上行幸河東 水名在山西今太原之地汾陰有后土祠后土地祇祠漢之地汾晉祠后土顧視帝京

欣然中流與群臣飲燕上歡甚乃自作秋風辭曰

秋風起兮白雲飛草木黃落兮鴈南歸 禮記月令章木黃落蘭有秀兮菊有芳懷佳人兮不能忘 李秋佳人謂群臣也

落鴻鴈兮蘭有秀兮菊有芳懷佳人兮不能忘

萬曆三十六年（1608）鄭世容刊「京板新增註釋古文大全」
（內閣文庫所藏）

寬文三年（1663）京都村上平樂寺刊「古文真寶後集諺解大成」
（內閣文庫所藏）

李綠園及其小說《歧路燈》[*]

　　我第一次看到李綠園這本《歧路燈》小說是在日本國立大阪大學文學部進修研究的時候。後來回到國內以後，某天我在書攤上又發現了這本小說，它已經被出版商排印出來了！最近趁著課餘之暇再度地將這本小說瀏覽了一遍！《歧路燈》是介於《儒林外史》和《紅樓夢》間的一部極重要的作品，其內容主要是在描述十八世紀中國過去社會普通人民生活情形。這本小說的抄本流傳至今的多數不齊全，而且回次、章節、人物、形象也多被竄改或扭曲，現在我們在書肆上看到的是由葉縣傳出的一舊抄本及鄭州市圖書館所藏的一晚清抄本，都是一〇八回，並且是經校正過後的。

　　在這裡我想介紹及探討有關李綠園之歷史背景及其撰寫小說之緣起與流傳經過情形。《歧路燈》作者李海觀，字孔堂，號綠園，河南汝州寶豐縣人，康熙四十三年（1707）生，乾隆五十五年（1790）卒，享年八十四。綠園的原籍是河南新安，祖父李玉琳，他是個秀才，乾隆年間河南著名古文家劉青芝在《江村山人續稿》卷二，〈寶豐文學李君墓表〉中曾有這樣的一段記載：

> 余嘗聞新安李孝子玉琳尋母事云：康熙辛未歲，大饑。玉琳兄弟，方謀奉母就食四方，會洛陽歲試，玉琳乃留試，遣弟玉玠負母赴南陽去矣。試竣，持七十錢，星夜奔迹，抵南陽之梅林

---

[*]　原載《東方雜誌》復刊18卷3期（1984年3月），頁75-78。

鋪，音問渺然。值日將暮，計窮情急，乃坐道旁呼天大號曰：
「我新安李某也，尋親至此，已八百里，足繭囊竭，而親不可
得，獨有死耳！」益大號。突有倉皇來前者，即玉玠也。玉玠
已為土著延作塾師。坐間，忽心動若有迫之者，曰：「起！
起！汝兄至矣。」急出戶，聞號聲乃前，與玉琳相持泣歸。

這段故事流傳甚遠，一直到後來編修《新安縣志》時，還被寫進去
（卷十五雜記）。李玉琳被世人稱為「尋母孝子」。由這個記載中我們
可以揣知其家境之一二，第一、是個讀書的家庭，第二、在當地來說
應算是個小康之家。可是後來卻遭到天災而無餘裕應付，所以不得不
扶老攜幼外出逃荒，他這次逃離新安，再也沒有回到家鄉去過。在康
熙辛未（康熙三十年），李玉琳又流落到汝州寶豐縣，於是便在滍水
南岸，魚山腳下一個叫宋家寨的小村子裡定居了下來，大約是靠教
書，慢慢地建立起了家業，晚年逝世後便歸葬於新安蘇園。關於玉琳
的生卒，不可確考，約死於康熙末年或雍正間。他長於《春秋》，著
有《春秋文匯》，不傳，也能作詩，乾隆八年修的《汝州續志》中載
有其詩作一首，題名叫做〈魚齒山〉。

　　綠園出生於宋家寨，時已移家十六年了。其父名叫李甲，寶豐庠
生，但是事跡在《寶豐縣志》中並無記載，現存子孫輩的詩文中也甚
少提到他。所以他一生中做過什麼事，也無法知道。他的志行事狀，
僅有劉青芝在李甲墓表裡曾有所敘及，表中對其事母一事載記頗詳[1]，

1　綠園葬父時，曾請劉青芝為李甲墓寫碑文，其中有云：「及玉琳歿，仍歸葬新安祖
　　塋，寶距新六百里，文學君春秋霜露，祗荐頻繁，歷數十年不愆期，後以年暮，子
　　弟請間歲行之，君已諾焉。夜半，忽招諸子至榻前，涕泪橫流曰：『吾適夢入汝祖
　　墓中，面如生存，至今恍然在吾目。』因仆地哭，不能起。黎明即就道，赴新安省
　　墓。母病腿痛，君常翼之行，雨雪則負之。群兒相隨而笑，君亦笑謂之曰：『汝曹
　　笑老叟負耶？』時市果栗納母衣袖中，小兒女爭來索，母笑而分給之。母重聽，然

看來也是一位孝子。

　　綠園在這樣一個書香世家中，相信自小便讀了不少書。他在三十歲（1736）時中試乾隆元年恩科舉人。[2]但是在中舉後，科名上並不順便，從三十歲到四十歲前後曾三逢會試，然從未博春官一第！繼而死了父親，這十二年間，共逢四科會試（乾隆丁巳、己未、壬戌、乙丑），綠園當不止一次赴京考試，但均報罷。在他小說《歧路燈》中，曾寫有一位讀書人，一生未考中進士，後來雖也做了官，不足以慰其平生，深以自己名字前不能寫上「賜進士及第」幾個字為恨，這或許是正描繪和表示綠園的感情，同時也可說是代表同時代多數讀書人的感情吧！

　　至於說到他疊上公車，也可由《歧路燈》中取證。在小說中寫開封到北平的旅途，如此的詳盡細膩，應不是一位匆促於旅途一次的人所能寫得出來的，還有寫北平的生活環境也可以作為某些方面上的指實。綠園一生在北平當有多次為期不太短暫的居留，現存有關他寫北平或寫於北平的詩篇，大約共有六首，如：《綠園詩殘卷》中的〈洗象〉、〈石鼓篇〉、〈京邸庚伏憶家中農況六絕句〉、〈京師隆福寺養花至後春花無不爛放為異觀〉等。這幾首詩大約是李綠園疊上公車後的作品。

　　綠園中舉後，從事過什麼職業，傳記並無記載，只有在開封居留的時間較在北平來得長久，這些都可從《歧路燈》取證。《歧路燈》這本小說中的故事是發生在開封，而書中人物的各種活動，百分之八

喜聞里巷間好事，母坐臥指畫，以色授母，母目之而省，時為頤解，其因時隨事，委曲以博高堂之歡者，多此類也。」

2　清代科考，本有一定年份，會試逢丑、辰、未、戌年份舉行，鄉試則逢子、卯、午、酉年份舉行，均三年一科。如果朝廷有什麼慶典或特恩，則開恩科，乾隆丙辰為乾隆元年，是乾隆皇帝愛新覺羅・弘曆即位後改元的一年，不逢鄉試年份，因而開了恩科，李綠園就在這一年考取舉人。

十以上是以開封城區為背景的。他所寫的街市、里弄、官署、城闕、
寺觀、庵堂、祠廟、古跡、勝景，其方位、座落、走向，經查找對比
之後，均準確無誤。再而至於描繪世態風習方面，上至官儀、衙規，
下至市廛、酒肆、里弄、博物，各色人物的服飾、舉止、口吻、心
情，也都是同時代一個省城氣象的寫照。根據這些來觀察，如果是一
位不熟悉開封的人，是很難如此清楚地描繪鋪敘出來的。我們翻閱
《綠園詩鈔殘卷》及清道光間楊淮編的《國朝中州詩鈔》卷十四中，
有關李綠園寫開封的詩篇僅錄存一首，那就是〈登大梁上方寺鐵塔絕
頂〉，現抄錄如下：

> 浮屠百尺矗秋光，螺道盤空俯大荒。
> 九曲洪波來碧落，兩行高柳入蒼茫。
> 宋宮艮岳埋淤土，周府彫垣照夕陽。
> 惟有城南岑蔚處，吹臺猶自說梁王。

這首攀登大梁上方寺鐵塔詩，應是中年時的作品，如果是晚年的話，
在體力上可能無法「至絕頂」。

李綠園大約是在四十二歲時撰寫《歧路燈》，七十二歲時脫稿於
新安，前後共寫了三十年，完稿後未曾出版，二百年間以抄本流傳，
西元一九二四年洛陽曾出現過石印本（民清義堂本），當時並未作任
何讐勘。西元一九二七年馮芝生及馮沅君兄妹，曾以由家鄉所得抄本
與石印本對勘，分段加上標點，交由北平朴社排印，且又得五四時期
詩人徐玉諾及甲骨學專家董作賓先生的熱情襄助，但是那時僅印一冊
（二十六回）便告終止。

其實《歧路燈》抄本，最早是由新安傳出，一直到晚清，流布遍
兩河，很少傳到省外，所以鮮為人知。除方志外，民國初年蔣瑞藻編

輯《小說考證》時，才第一次著錄。自此而後，《歧路燈》這部小說才廣泛地受人注意和知悉。接著後來，孫楷第《中國通俗小說書目》及孔另境《中國小說史料》也都給予介紹。孔書乃重錄了蔣書所收資料，而當時蔣瑞藻並未見到過《歧路燈》的原抄本，他只是引一「缺名筆記」的記載來的。

至於李綠園撰寫《歧路燈》的緣起是什麼？其經過又如何？關於這一點他在自序中曾有很清楚地說明，現摘錄如下：

> 余嘗謂唐人小說，元人院本，為後世風俗大蠹。偶閱闕里孔雲亭桃花扇，豐潤董恒岩芝龕記，以及近今周韵亭之憫烈記，喟然曰：吾故謂填詞家當有是也。藉科諢排場間，寫出忠孝節烈，而善者自卓千古，丑者難保一身，使人讀之為軒然笑，為潸然泪，即樵夫、牧子、廚婦、爨婢皆感動於不容已。以視王實甫西廂，阮圓海燕子箋等出，皆桑濮也，詎可注目哉！因仿此意為撰歧路燈一冊，田父所樂觀，閨閣所願聞。子朱子曰：善者可以發人之善心，惡者可以懲創人之逸志。友人皆謂，於綱常彝倫間，煞有發明。蓋閱三十歲以迫於今而始成書，前半筆意綿密，中以舟車海內，輟筆者二十年。後半筆意不逮前茅，識者諒我桑榆可也。空中樓閣，毫無依傍，至於姓氏，或與海內賢達偶爾雷同，絕非影射。若謂有心含沙，自應墜入拔舌地獄。乾隆丁酉八月白露之節，碧圃老人題于東皋麓樹之陰。

其中提及乾隆丁酉，為乾隆四十二年，上推三十年，則正好是綠園葬父之年，守制家居，一方面有的是餘暇，一方面是科名仕途淹滯，於是只好寄情寓志於筆墨。這是可以理解的事。在《歧路燈》的第一

回，是寫譚忠弼「念先澤千里伸孝思，慮後裔一掌寓慈情」，這也正符合作者丁難守制時的種種心情。

到綠園五十歲的時候，《歧路燈》大約已經完成大部分，後來由於「舟車海內」（指「出仕」）的原因而停筆。我們詳細翻讀時不難發現在八十回以前，文章情節刻畫細膩，筆意也酣暢，由此可知當為十年間寫就的。至於八十回以後則逐漸顯得疏略草率，筆意已不比前面來得精緻與細膩，似為老年續寫，到老年，綠園的仁恕思想也顯得更濃些，對前半部多給予貶斥，視作「公孫衍（厭）」、「匪人」的本階級子弟，譚紹聞自不必說，即如盛希僑兄弟，也給予寬宥，得以善終，不僅從筆意，就是從故事的發展上，也教人讀後有斷裂之感，這一點也可說明，八十回後的作品為其晚年續作之另一證據。

綠園出仕將近二十年，他的官職都很小，津渡關隘卻窮經，他在〈丙申今有軒夢餘口占〉一詩中曾作了某些自己生活上的寫照。詩云：

> 歸田賦就剩閑身，扶杖里門兩度春。
> 友憶前歡如隔世，詩翻舊稿似他人。
> 老覺文章終有價，宦惟山水不曾貧。
> 夢中偶到印江地，猶見吁呼待撫民。
> （見楊淮編《國朝中州詩鈔》卷十四）

詩中的「宦惟山水不曾貧」一句便可以反映出綠園對物生活欲望是極其淡泊的，綠園在乾隆三十九年（1774）返抵家鄉寶豐。乾隆三十九年為甲午，後兩年為丙申，上面所提及的那首〈今有軒夢餘口占〉詩正是這時的作品，在詩的開始便寫到「歸田賦就剩閑身，扶杖里門兩度春」，由此也可知是他辭官歸來不久，後來他又寫了一首〈襄陽發

程抵新野北望口占〉³，這年綠園約六十八歲，自此開始了他的老年生活。當他返鄉後兩年，也就是乾隆四十年乙未（1775），開始繼續寫小說《歧路燈》，在這段時間裡他除了寫小說之外，同時也寫了不少詩作，計有：〈乙未三月登村右魚齒山〉、〈立夏登村右魚齒山〉、〈丙申今有軒夢餘口占〉、〈辟邪歌〉、〈攬鏡〉、〈集陶〉等。「今有軒」三個字為其老年時所取之鄉居軒名。看來綠園的晚年生活並不閒適，在家鄉住不到三年，後來又在乾隆四十一年（1776）末到了他的老家新安。他與新安的關係是十分密切的，呂公溥曾有過這樣的記載：「幼時曾來新」（〈綠園詩序〉）。

綠園此次到新安，是他一生中最後的一次，居留的時間也比較久，將近三年。回到幼年時的故鄉，主要是在省墓、探親以及訪舊，在故鄉族人留他長住，把子侄輩托給他，於是他就在北冶鎮的馬行溝居住了下來，當了教書先生。在新安的第一年，他做了兩件很有意義的事，一是編定了他的詩稿《綠園詩鈔》；其之是續寫完《歧路燈》小說全稿，綠園在新安交游主要的為呂公溥昆仲及叔侄輩，呂氏為新安地望，明末南京兵部尚書，《音韻日月燈》作者呂維祺的後人，世以詩傳。公溥篤於友誼，在〈綠園詩序〉裡談及綠園的印象云：

> 遠官數千里外，日手一篇，於蠻烟瘴雨中，卒全其諸生之本來面目以歸。歸來依然故吾，見之者不知其為官，其胸中原自有不容己之情，故發而為詩，自有真詩，工不工非所計也。

二十年的案牘簿書生涯，未使他染上絲毫官氣，依樣本來面目以

---

3 〈襄陽發程抵新野北望口占〉：「半生擾擾幾關津，此日方歸萬里身，老去渾無難了事，古來盡有未傳人。桃李園中花正好，雞豚社里酒應醇。但知晚趣皆天與，臘霰秋風總是春。」

歸，「見之者不知其為官」，並且還寫了兩首詩贈送給他！詩云：

> 吾鄉風教至今醇，萬里歸來一故人。
> 流水高山清以越，太羹元酒淡而真。
> 忘言沕穆欣相對，得句推敲妙如神。
> 惟我兄君君弟我，榻懸更解詎嫌頻。

> 雲嶺虛懸待叩鐘，誰尋逸響躡高踪？
> 雨齋弟子何須問，五柳先生未易逢。
> 賸有通家孔文舉，愁無仙侶郭林宗。
> 南陽耆舊知存幾，最愛躬耕老隊龍。
>
> （贈李孔堂二首。見《寸田詩草》卷五）

在乾隆四十四年（1779），綠園又由新安南返寶豐，在抵里門時曾寫有〈己亥新安南旋過溈河即景〉[4]，大約在返京後不久，又到北平，這應是最後一次了。在北平約住了四年左右，又於乾隆四十八年（1783）再回到寶豐，就一直到乾隆五十五年（1790），逝世為止，享年八十四歲。綠園一生歷康熙、雍正、乾隆三朝，幾與十八世紀共始終。我們讀他所寫的這本《歧路燈》小說，它不僅給人瞭解到當時的一些社會寫照，同時更重要的是作者純以布帛菽粟、家常瑣語，而間雜以經史掌故話頭，俾雅俗共賞；其次就是作者極力描寫家庭溺愛，世途險惡，如燃犀照渚，物無遁形，讓人知道一墮歧途，歷劫不

4　〈己亥新安南旋過溈河即景〉：「迤邐徒杜跨碧溪，殘霞點綴夕陽西，四壁雲山曾鴻爪，一灣流水又馬蹄。荻岸漁竿泥滑滑，沙汀牧笛草萋萋。居然大地丹青引，直向吟翁欲索題。」道光《寶豐縣志》，卷15，藝文。

復，如果不是大聰慧的人，回頭猛醒，知悔知恥，就不能易胎換骨，出生入死。

李綠園留存到後世的著作除了以上所提到的《歧路燈》小說之外，尚有《綠園文集》不分卷、《綠園詩鈔》四卷、《拾捃錄》十六卷、《家訓諄言》一卷等。

論丘倉海的漢詩風格及其在詩史上的貢獻*

前言

　　丘倉海（1864-1912），本名逢甲，字仙根，號蟄仙，仲閼，乳名秉淵，在詩作中常自署「南武山人」，丘氏祖籍廣東鎮平（今蕉嶺縣），出生於臺灣府淡水廳苗栗銅鑼灣，後移居彰化東勢角（今臺中東勢）定居，地屬僻郊，與原住民部落比鄰，當地居民部份為粵籍客家人，其俗多屬「尚武負氣」，在光緒三年（1877），倉海十四歲應場屋試，主試者為丁日昌，由於應試表現優異，受贈「東寧才子」印，旋又入海東書院受業於施士洁，博覽典籍，識見為之卓拔，於光緒十五年（1889）成進士，時年二十六歲，授工部主事，不就仍回臺灣，而唐景崧延先生為臺南府治崇文書院講席，兼主講臺灣衡文書院及嘉義縣羅山書院，年中往來各書院間，倉海對臺灣年輕後輩之擢拔提攜，儒家文化之宣揚及社郡教育之關懷與推展不遺餘力，倉海所寫的詩作數量相當的多，約計有五千餘，可是現存者僅二千多首，其中多為內渡後的作品，由前所敘而倉海先生的歷史背景及其對臺灣社會文化之貢獻及對民主自由理念之開啟頗值得吾人深念，故擬從以下數端分別探析與窺察先生寓儒於詩的內涵及其在詩史上之精神氣象。

---

* 　中央大學中國文學系所主辦：第七屆近代中國（1840-1919）學術研討會，2001年3月24日。

一 詩作兼涵儒風與民族氣象

在討論倉海的詩內涵之前，首先必須對儒學在臺灣的移植情形稍作敘介，就歷史而言，臺灣儒學的移植與發展，應該從明朝滅亡之後，大約在一六五三年，沈光文（1612-1688）開始，而後鄭成功才來臺灣，於是中國文化史便由此傳承開來，若考淵源，鄭成功與南朝的儒學是有著深厚的淵源，從驅走荷蘭開始建治臺灣，鄭成功在拓展社會與教化等政策上即相當的積極，而儒學更是其在施行教化上的重要課題，除外，儒學的另一來源則要推福建的朱子學，由於這兩方面的傳遞與宣揚，於是儒學便在臺灣漸漸地萌芽發展開來。

儒學的移植對日後臺灣的社會群體的影響是極為深遠的，從沈光文及鄭成功等的推展，一直到後來臺灣各地書院設置，書院教育的普遍，參加科舉考試而登榜者，更是不計其數[1]，這點可見儒學移植與生根的重要成果，然而在這種環境之下，倉海先生自移居至彰化縣三角莊以後，其所接觸到的鼎盛的文風[2]，且此時又得名師吳子光的教導，學識大進，舉凡諸子百家，儒學思想便在倉海少年的心中奠下了基礎，所以展現在作品中也離不了儒家的形跡，比如〈游羅浮〉中云：

> 明儒盛講學，天下皆講席，
> 幾令名山間，存儒無道釋。[3]

---

[1] 書院教育的普遍，士子的程度不輸中國內地的讀書人，相關資料可參考：林文龍：《臺灣的書院與科舉》（臺北：常民文化事業公司，1999年9月）；又，陳昭瑛：《臺灣儒學》（臺北：正中書局，2000年3月）。

[2] 楊護源：《丘逢甲傳》（南投：臺灣省文獻委員會，1997年6月），頁10。

[3] 丘逢甲：《嶺雲海日樓詩鈔》（臺北：大通書局，臺灣文獻史料叢刊，第八輯），頁261。

又如：

> 陽明且戰且講學，學派曾傳揭嶺東，
> 鱗爪島夷矜弋獲，皮毛年少枉推崇。

> 空山偶得觀心法，橫海虛期破虜功，
> 今日會稽誰繼起，天涯攜手兩濛濛。[4]

從這些詩作中便可窺察出倉海在深受儒學薰習後的一種超然情操與思想，當然這種思想精神的表現，它並非狹窄，而是寬廣的，尤其是當他考中進士後，棄官從教，回到臺灣來從事教育，捍衛國土，而這種觀念與想法，在當時的臺籍士子來說，或許是一種普遍的現象，不僅是丘倉海是如此，就像在新竹地區的鄭用錫兄弟、臺北地區的黃驤雲、陳維英、黃敬及臺南一帶的陳震曜、劉恩勛等均然[5]，士子們所表達這種精神，如果就其深層面去推究的話，其最主要的無不是在抗拒當時官場的腐敗或不滿，再而就是當時有一些具有高度覺悟的士子們，為了謀求國家強盛富強，於是開始改變既有的觀點，如林則徐、姚瑩、魏源等人都可說是其中的代表者，然而倉海在當時社會思潮的激盪下也不能說沒有受到影響，他在〈聞膠州事書感〉中就云：

> 漢家長策重和親，重澤傳經許大秦，
> 祆廟屢聞生憤火，蓬山又見起邊塵。

4　丘逢甲：〈蟄仙見和前詩，時將歸浙，仍用前韻（二首）〉，《嶺雲海日樓詩鈔》，頁257。

5　李祖基：〈論丘逢甲的生平思想與時代潮流〉，《丘逢甲與台灣歷史文化學術研討會論文集》（臺中：逢甲大學人文社會研教中心，1996年3月）。

青州灑斷愁難遣，黃海舟遲信未真，
慷慨出門思吊古，田橫島上更何人。[6]

又如：

萬里滇雲築將臺，班師久奏凱歌回，
九山天半青如故，又費將軍倚馬才。
戰火連山夜擊刁，邊功人說霍嫖姚，
攻心畢竟推諸葛，萬古威名倚碧霄。
飛車消息近何如，海上妖雲誓掃除，
立馬東南望天象，狼星魔燄眼中無。[7]

倉海描述心中的悲情、沈痛的詩作甚多，然就以上所列者，作者隱含於詩中之意涵無不教人感受到其愛國捍土的精神，他以強烈的文辭表達了那些準備覬覦我國領土者——列強國家的不滿！

在當時外來勢力的入侵，清廷武力薄弱與無能，的確揭示了當時內政上的種種隱憂，而這些現狀都清楚地映存在詩人的眼裡，就像倉海這樣一個「以天下為己任」的志士來說，更是悲憤慨嘆，所以在甲午戰爭開始，他更以「抗倭守土」血書為號召鄉里，投筆從戎，籌建義軍，保衛自己的疆土，故在得知清廷政府決意割臺放棄臺灣之後，倉海等人立即籌建臺灣民主國，推臺灣巡撫唐景崧為總統，改元「永清」，他這種精神之原發與開展無不淵源於自年少時所受之儒家教化，培養了一股強烈的民族精神氣慨，這種氣象的表達在其作品中，例如〈竹枝調〉：

6　丘逢甲：《嶺雲海日樓詩鈔》，卷13，〈選外集〉。
7　丘逢甲：〈次韻和馬總戎都龍紀勝四絕句〉，《嶺雲海日樓詩鈔》，頁73。

一劍霜寒二十秋，大王風急送歸舟，
雄心未死潭邊樹，夜夜龍光射斗牛。[8]

這雖是首抒情之作，可是卻有不同凡響的思想蘊含其中，比如以劍潭插劍成樹的傳說為自喻，同時更以夜夜龍光射斗牛的氣勢抒寫其壯志雄心，而這種精神情懷，其實頗有文天祥在〈正氣歌〉中所表達的浩然氣慨，然而在倉海的詩作中，不論在內渡前或內渡後所寫的作品，其在內涵上無不隱含著一股浩然的情感，凌厲雄邁、纏綿沈摯的氣勢，而在詩界來說，倉海不論才情與學力，都應該算是冠絕僑流的詩人。

二 開啟詩界革新之主張與風格

中國傳統文學發展到了清代晚期，由於外來思潮的入侵，而我國的社會及文化等開始面臨多方的衝激，在文學方面，其中受影響及變遷最大的則要算是傳統詩歌，然而在這場變革過程當中，梁啟超則應該算是對詩歌提出看法與改革最力者，他主張傳統詩歌必須以時代語言入詩，同時要能表現出時代精神與情感，這樣才能豐富詩歌的生命內涵，所以這場詩歌的革命運動對日後文化的發展產生了極大的影響性，而倉海剛好是這時期的人物，所以當我們考察其詩作時，在內容及表現風上是活潑清新，不避俚俗口語，以時代精神為主軸，表達了雄邁豪放的詩型風格，其實倉海對詩界之革命，他自己也頗有自信的，現就以下幾點來探析其詩作風格！

---

8 見〈臺灣竹枝詞〉四十首中的第四十首。

（一）念臺與感時之悲嘆

倉海是位才情卓越，感時深刻的詩人，然在清朝，尤其是社會腐敗多樣的變化與動盪不安下，故詩人在懷念臺灣與對時局之感慨尤為深切，在這段時間他所寫的詩作，可說無詩不愁，其中以懷臺為主題者最普遍，例如：

> 天涯雁斷少書還，夢入虛無縹渺間，
> 兵火餘生心易碎，愁人未老鬢先斑。
> 沒蕃親故淪滄海，歸漢郎官遯故山，
> 已分生離同死別，不堪揮淚說臺灣。[9]

倉海這首詩是在鄉居粵的時候所寫的，抒發了他對臺灣的思念，看到國家土地的割讓，心中無限的慨嘆，朝廷的無能，這對滿腹雄心的人來說，怎能不會有兵火餘生心易碎與未老鬢先斑的可能呢？然而接著又在割臺週年時，倉海又寫了〈春愁〉一詩，云：

> 春愁難遣強看山，往事驚心淚欲潸，
> 四百萬人同一哭，去年今日割臺灣。[10]

在作者的作品中以臺灣入詩，且傷痛不已者其實不止此，另如：〈往事〉也云：「往事何堪說，征衫血淚斑，……不知成異域，夜夜夢臺灣」[11]，詩歌本來就是屬抒情寫志的一種文類，當割臺事件發生後，

9　丘逢甲：《嶺雲海日樓詩鈔》，卷1，頁10。
10　丘逢甲：《嶺雲海日樓詩鈔》，卷1，頁26。
11　丘逢甲：《嶺雲海日樓詩鈔》，卷1，頁29。

倉海一直無法平復其心中恨緒，既內渡到潮州，然在遊山覽物之際，仍常作詩以抒發心中之痛苦，除前舉者外，在《詩鈔》中常有〈客愁〉、〈山村〉、〈極目〉、〈愁雲〉、〈梅子〉、〈重陽前數日風雨忽集慨然有悲秋之意〉等都是屬懷念臺灣為主的詩作。之外，他也對收復國土的雄心及眼見當時列強環伺而人心惶惶的景象，作者也以詩表達了其感慨：

> 方今議者利變法，我法不用寧非羞，
> 況有治人無治法，若為國計宜人求。
> 惟公抗古獨持論，會當入告宣嘉謀，
> 有客哀歌動天地，蹈海不列生猶偷。[12]

又如：

> 極目寒山落照遲，邊風獵獵捲牙旗，
> 黃犀入貢非今日，句馬馱經典昔時。
> 山海龍呼愁變夏，春秋麟泣戒書夷，
> 千年妖火彌張燄，太息流傳景教碑。[13]

這些雖屬抒情性作品，但是作者內渡後在潮州眼見國內局勢紛亂，政治不安有所感而發的心聲，在其中有些為了私利而變法，甚而我法不用也無羞愧，社會一般已到了無公理的地步，所以詩人才會寫出「有客哀歌動天地，蹈海不死生猶偷」那樣深切悲憤的感慨之聲，然而至

---

12 丘逢甲：〈長句贈許仙屏東丞並乞書心太平草廬額，時將歸潮州〉，《嶺雲海日樓詩鈔》，卷1，頁33。

13 丘逢甲：〈歲暮雜感〉（十首），《嶺雲海日樓詩鈔》，卷1，頁42。

於作者看到當時妖火般的列強縱橫國內，這種現狀對一位書生而言，縱使有滿腔的雄心，又何能旗展其理想抱負呢？所以詩人的「封侯未遂空投筆，結客未成枉散金」[14]又可說表托出了其內心另一番的悲涼激楚與對時局沈淪之感嘆！

（二）對社會平民疾苦之關懷

倉海在未內渡以前，當時的社會已呈現頹敗，民生凋敝的現象，對此在詩中我們可以看到作者以忠實的筆觸赤裸描述了當時的景況！在前面我們曾論及其對臺灣這塊土志的思念，但那或許是屬於在感情上的一種不捨之表述，可是倉海在詩作中對中下層人們的生活卻有深一層的關懷──平民的疾苦，例如在〈鄰居皆農家者流也，春作方忙作農歌以勸之〉：

爆竹聲中歲瑄更，照完虛耗待春耕，
農家共上封人祝，戶戶春聯寫太平。
人歡占豐預記明，刺桐花發葉初生，
天公肯遂田家願，又放交春一日晴。
等閒休負好春光，也送兒童上學堂，
領略農家真事實，孝經先講庶人無。[15]

在這首詩中我們可以領略到作者對農家平時農忙和預卜豐收的盼望，作者雖然是社會的高層精英書生，但是對一般平民農家的生活，仍是相當的注意和關照的，又如他在〈老番行〉中云：

---

14 丘逢甲：〈愁雲〉，《嶺雲海日樓詩鈔》，卷1，頁21。
15 丘逢甲：《柏莊詩草》（臺北：臺北市文獻委員會，1980年6月），頁18。

牛田山前逢老番，為人結束能人吉，
自云舊社麻著屯，播遷以來今抱孫。
二百年前歸化早，皇威震疊臨海島，
雞羽傳書麻達少，鹿皮納稅必丹老。
……

方今全山畢開闢，更從何處謀安老，
番丁素業為人役，空存老朽溝中瘠。
況聞撫番待番厚，生番日醉官中酒，
同沐天家浩蕩恩，老番更比諸番久。
可憐為熟不如生，哀思難向青天剖，
我聞此語為興嘆，臺民今亦傷無家。
……[16]

　　由於這是一篇長篇的歌行體詩作，其內容主要是在描述對當代的
社會老番，也就是原住民的平居生活，雖然如此，但其中更重要的是
寫出了清代對原住民制度的缺失，「番丁素樸為人役」，他們的痛苦不
知向誰訴說──「哀思難向青天剖」，同時在漢人掠奪土地的狀況
下，番民的生活境遇可說是極為坎坷，這在作者的長詩前有序述及，
當時中路岸裡的社歸化最早，在諸屯中也最有勞績，後以侵削地垂
盡，且多流移入埔裡社地方，再看番業又日感流移，造成無地無屋可
居的悲傷境況！倉海除了對番民的生活提出不平之外，其對一般百姓
的災難之苦同樣有深刻的表述，例如在〈述災〉中有云：

　　炎天久不雨，一雨遂汛濫，三江勢俱漲，有地皆水占。

---

16 丘逢甲：《柏莊詩草》，頁13。

平鄉水過屋，高市水入店，桑田盡成海，餘者山未陷。

無隄能自堅，有稻不得斂，……

短家百萬人，仰視寧無憾，雖然汎舟粟，救死亦云暫。[17]

在當時社會政治紊亂、國弱民苦，而這些景象全呈現在詩人眼前，自然會泛起無限的悲鳴嘆息，於是當遇到天雨成災，「平鄉水過屋，高市水入店」，人民生活無法安頓時，在詩人的心中，那種苦痛是無法以言語形容的，而人溺己溺仁者的關懷精神就真率地表達於詩作中，然而除了以上的例舉者外，其他如〈春日遊別峰寺〉、〈三饒述懷〉、〈廣濟橋〉、〈黃田山行〉、〈春暮遊揭陽作〉、〈山村即日〉及〈和曉滄買犢〉等均屬同樣的題材對人民的疾苦都作了深刻的描述，當然這種同情人民生活的疾苦狀況的書寫，其實在事實上也是在對當朝者的強烈不滿與批判！

（三）開創現代口語化之社會性詩格

丘倉海的詩作主題，就從《柏莊詩草》或《嶺雲海日樓詩鈔》中的作品考察看來，其中大部份都是屬於感時懷憂或對社會民生疾苦之真實表達，甚少有風花雪月之類的感抒，雖然如此，可是值得注意的是其中以閭巷見聞，風土習俗等題材入詩者可說最為特殊，其內涵層面堪稱博廣，包括了民間習俗及宗教信仰等，風格極為新穎突出，改變了舊有的寫詩範疇與手法，而這種書寫表達方式，我們或許可以稱它是一種所謂的新「社會體」式詩型，它在遣辭用字上都極為鮮活清新，而內涵則多偏社會時局之描述與反映，如〈燃燈歌〉：

---

17 丘逢甲：《嶺雲海日樓詩鈔》，頁226。

借燈說法喻大眾，燈花飛絮舌底蓮，
燃燈古佛古最古，其古乃在如來前。
……
自從傳燈失本義，佛應流淚遭言筌，
如蛾赴燈為利誘，眾生苦海真無邊。
無人出作獅子吼，將疑勢火遺竺乾，
南無綺語菩薩者，善哉說此燃燈篇。[18]

又如〈興福寺〉：

寺古車半頹，剝落餘榜字，鄉人利邀福，田鄉遂名寺。
殘僧缺梵誦，一飽無佗志，依稀臨濟宗，欲說猶能記。
……
曇華久不現，貝葉紛相棄，惟煽芙蓉妖，流毒遠相被。
東來偏震旦，民財坐疲匱，即今寺中僧，與俗亦同嗜，
猶記福田說，鼓眾博檀施。[19]

　　丘氏作詩的特色大致上而言具有強烈的社會性格，在此他雖以風土民俗信仰為詩的題材，可是仍離不了其諷刺及批判的精神，比如前一首的「自從傳燈失本義，佛應流淚遣言筌」，當地的民眾對信仰佛教傳燈已淪為陋俗，只有詩人作出了獅子吼，眼看那些眾男信女為了利益的誘惑，於是如蛾似的前去參加傳燈會，這樣請問眾生的苦難就會有止境嗎？然而又如有另一首〈興福寺〉，在詩意的蘊涵上也頗為相近，「殘僧缺梵誦，一飽無陀志」、「惟煽芙容妖，流毒遠相被」，僧

---

18 丘逢甲：《嶺雲海日樓詩鈔》，頁293。
19 丘逢甲：《嶺雲海日樓詩鈔》，頁294。

俗敗壞，淨土不再，這些都引來了詩人無限的感嘆！其實這種慨嘆，
在作者心中是存著極深的改革企盼的，可是無奈社會腐化，政府無能
等因素，民間疾苦何時才能除去，陋俗何時才能轉化為民間樂土福
田？作者以民間信仰現象為入詩題材，的確深刻的表達了社會時代意
義，其次在其敘述方式上多據事直書，滌除了華麗鋪綴的藻詞，而以
平淺易懂，近似口語或散文化的構詞書寫，這種表達風格可說是開啟
了傳統詩歌寫作的另一扇窗子！

（四）對地方奇異山水與羽族虫豸之描述

除了前面所提及倉海的詩式頗近社會詩外，然在其詩作中尚有一
類是有關奇異山水及羽族虫豸之類的描述，這些作品語淺義深，比喻
十分貼切，具奔放豪邁的氣象，如〈濁水溪歌〉：

> 樂府新翻歌獨漉，不畏水深畏泥濁，
> 水挾泥行萬萬斛，突出洲心齧山足。
> 車陷鍼難掀以出，舟膠昭豈征能復，
> 縱鮮凌波襪亦塵，況嗟鄭婢泥中辱。
> 一斗之水泥六升，淫潦夏降洪流騰，
> 行人坐守估客嘆，篙師百呼不一應。
> 南風獵獵戰爭葦，夜半飛燐嘯溪鬼，⋯⋯
> 鵲巢不過溪南樹，竹屋瞰溪留客住，
> 泊舟更唱篌篌引，瀟瀟暮雨公無渡。[20]

又如〈大甲溪歌〉：

---

20 丘逢甲：《柏莊詩草》，頁81。

大石如人班立肅，小石如羊尋臥伏，
連營八百斷復續，不數八陣壘魚腹。
水挾石走西行速，尋山隨溪互直曲，
驚湍十丈下深谷，沙飛泥坼無平陸。
東來就海為歸宿，溪色微黃海深綠，
赤道以南火上燭，熱風夜出蕩坤軸。
……[21]

　　倉海的詩歌寫作類型極為廣泛，除寄懷、懷古、題畫、賦贈、詠物之外，再有就是以地方奇異山水和羽族虫豸為詩材者也不少，不論是直敘、象徵托意，或雕鏤物情等都具情趣特色，例如前舉〈濁水溪歌〉及〈大甲溪歌〉者，其將溪流的景況以歌行體的方式表達出來，措辭文字通俗明白，頗接近於方言口語式的寫作，所以讀後令人印象深刻。

　　至於以羽族虫豸為入詩題材方面，在倉海詩中佔有極大的份量，例如〈秋雁歌〉[22]、〈見雁〉[23]、〈放生鵝歌〉[24]、〈孔雀〉[25]、〈白鵲〉[26]等，這些作品雖長短不一，但每首詩在內涵上都頗富反諷，或自我解嘲的高妙意境，十分發人深省！再而倉海在早年曾寫有〈蟲豸詩〉[27]五十首，比如蚊蚋、蛇蟹、蟬蝶、蜂蟻、螽蠅、蛭蚓等，這些雖屬自然界的小昆蟲，但在作者的筆下則成了最生動的寫作題材，例如把

21　丘逢甲：《柏莊詩草》，頁41。
22　丘逢甲：《嶺雲海日樓詩鈔》，頁11。
23　丘逢甲：《嶺雲海日樓詩鈔》，頁19。
24　丘逢甲：《嶺雲海日樓詩鈔》，頁14。
25　丘逢甲：《柏莊詩草》，頁76。
26　丘逢甲：《嶺雲海日樓詩鈔》，頁291。
27　丘逢甲：《嶺雲海日樓詩鈔》，頁52。

「蚊」喻為拚命吮食人們膏血的敗類,只要聞其聲而內心即感憎惡。
又把「蟻」借喻自南柯一夢的故事,警告那些只知拜金主義者,每首
詩都極富深義[28],相當的耐人尋味!

倉海被譽為「詩界革命」[29]者,首先變革了其與舊有的詩風格之
不同,而其中最明顯的就是在詩作中大量地注入新思想與新事物,突
破了舊有的窠臼,描述靈活,內容多樣藉新語以入詩,展現了「我手
寫我口」[30]新穎的書寫手法!

三　詩心悲憫藉放歌以抒懷

倉海在少年時候便得名士的指導,熟讀儒家書,加上其家族與儒
家原來之深厚淵源[31],故自然就孕育出了倉海日後的人格特質,「東望
君山念吾祖,勤王當日亦復師無動」[32]的儒家尊君重孝的精神氣節,
於是這種悲憫之情無不常在其詩作中顯現出來,然在文前也曾提及作
者多以目睹世間的疾苦現狀入詩,而這種描述方式,其實應該就是一
種具有所謂「社會詩」的特色存在,作者把當時的社會現象實錄了下
來,而這也就是日後研究社會生活史的真實可貴資料了。

倉海詩才橫溢,所寫的詩作類型屬多元化,且自出機軸,計在詩
集《相莊詩草》中收詩有二百八十二首,這些詩作多屬居臺時所作
者,而在《嶺雲海日樓詩鈔》中一千六百八十五首,而在當中大約有

---

28 參見王甦:〈丘逢甲詠物詩的美學觀〉,淡江大學中文研究所編:《文學與美學(第
　　六集)》(臺北:文史哲出版社,1998年),頁43-71。

29 梁啟超:《飲冰室詩話》。

30 參黃遵憲:《人境廬詩草》,卷1,〈雜感〉,寫於同治六年(1868),詩中有「我手寫
　　吾口,古豈能拘牽」句。

31 楊護源:《丘逢甲傳》,頁7。

32 楊護源:《丘逢甲傳》,頁7。

近一千首的詩是在懷念臺灣的，舉凡述懷遊仙，蟲豸雜詠，放歌夜話等均不離詩作之內容，然就詩氣而言，則可謂涵存悲憫，慷慨激楚，既使在內渡之後，在政治觀上雖漸偏維新方向發展，然吟詠仍不輟，且對國事之關懷也未曾稍減，由此也可見詩人的堅持與執著，再而於如此困阨的境遇下，藉吟詠放歌可能就是唯一可以解除心中的沈痛方式了，在諸多的作品中，在此或許可以略舉數例以見作者感世悲涼的情形，如〈東山酒樓放歌〉：

> 丈夫生當為祖豫州，渡江誓報祖國讎，中原不使群胡留，不然當作李鄴侯，翩然衣白與帝游，天家骨肉界無尤，胡為祇學謫仙醉，到處吟詩題酒樓，……今日何日東山陬，雲陰陰兮風颼颼，山中五月如清秋……蘭陵諸蕭才力遒，人師我愧東家丘，儒書無能解國憂，仡仡食古心不休……[33]

又如〈天南第一樓放歌〉：

> 亞洲一片雲頭惡，群花摧折雌風虐，護花幡立海東南，褐裘公子方行樂，千紅萬紫開春中，團圓月照阿王宮……。[34]

在倉海的詩作中，除了五、七言律、絕句、排律之外，比如像上所舉的放歌式的寫作方式，也可說是作品中較為特殊的，在集中計有〈采菊歌〉、〈秋雁歌〉、〈當歌〉、〈放生鵝歌〉、〈大風雨歌〉、〈鳳皇臺放歌〉、〈東山酒樓放歌〉、〈七洲洋看月放歌〉、〈天南第一樓放歌〉等

---

33 丘逢甲：《嶺雲海日樓詩鈔》，頁111。
34 丘逢甲：《嶺雲海日樓詩鈔》，頁143。

約近二十首之多,然這些作品大部分都是在內渡後所寫的,當內渡後
雖傾全力於辦地方教育,可是仍無改其對國家社會民生之關懷的原
有心志,故在歌行的文字中多表述了其內心的傷時與苦楚,於是連雅
堂曾說:「逢甲既去,居於嘉應,自號倉海君,慨然有報秦之志,觀
其詩,辭多激越,似不忍以書生老也」[35]的評論,這點其實說得相當
正確。

倉海的詩作就整體而言,其內涵多取之於社會實感,真實的具體
景物,在技巧手法上則多以象徵託意來表現其情趣或沈鬱的意象,其
中雖然大部分的主題都是從實處入手再逐漸推衍到有關國家、人民
命運及自己內心感情的細微感受,而這種表達方式,其實頗像杜甫善
從身邊瑣事引申出國計民生大問題的寫作風格,他的〈茅屋為秋風所
破歌〉,或〈春望〉,或〈北征〉等,每篇都穿插一些重大的社會政治
內容或生活細節,甚或用自己一個家庭的遭遇反映整個國家的變化
等,然讀倉海詩也有此種感受,所以王松就說:「邱仙根工部(逢
甲),才情學力,冠絕僑流……工部詩才,淋漓悲壯,盤錯輪困,肖
其為人」[36],其實是有它的道理在的。

四 在詩史上的貢獻與評價

在中國文學史中,一般來說對清詩部分都不太注意和重視,其中
除了像鄭珍、金和、王闓運及黃遵憲外,對晚清階段的詩界情形似乎
不太特別的關注,這可能是由於傳統文學到了晚清已走入了末流,再
加上社會受到外來的重大衝擊,西式教育不斷侵進,廢除了辭章取

---

35 連橫:《臺灣通史》〈丘逢甲傳〉。
36 王松:《臺陽詩話》(臺北:臺銀經濟研究室,1959年,臺灣文獻叢刊三四種)。

士，知識分子覺醒等等，於是直接或間接地帶給了傳統文學界極大的刺激，由於大環境的改變，學界也唯有朝新變或轉化的方面發展了！

　　而倉海正好是處在這樣一個轉型期的文學革新階段的人物，他是詩人，也是政治家，其所關懷的是國家的處境，生民的疾苦及慈禧專政誤國等等，故其所作的詩品內涵自然就與社會、時局之脈動與變遷分不開，如此的密切關係，當然是導源於詩人本身的悲憫心及其以天下為己任的雄偉抱負，而這也是他後來託寓於作品中的部份內容，然就其詩作類型及風格看來，則似有社會詩或史詩之樣式，但若要以「史詩」自任的話[37]反映時局，或論評時代政治人物，關懷面必須博廣，同時要有深度的歷史觀點，倘若僅是從由於中日戰敗而提出一種抗訴或對朝廷的不滿，或反映臺民們的生活疾苦等，這樣或許只能列屬為一種社會實錄的記載性文學而已！

　　雖然如此，但不論他在渡臺前或後的作品，其實都是以真實寫實景，以雄渾抒心懷，特殊者是開創了以現代口語化方式入詩，這可說是一種革新的新式寫法，打破傳統漢詩的窠臼，且又以地方奇異山水，或羽族蟲豸為寫作題材，託意堅貞，以象徵手法表達了豐富的諷諭詩意，而其啟示人亦深，且這也開啟了漢詩內容雅俗兼備，多元活潑化的另一詩格。

　　在倉海現存二千多首詩中，以七絕七律佔多數，其次是七古，其他又次之，而當中倉海最善者為五、七言律詩、絕句，再而是排律、歌行體及民間竹枝詞等，一般而言，倉海律詩有如此工整高妙乃深受杜甫之影響（見王松《臺陽詩話》）。丘氏在融攝與脫化後的詩作可說受到了詩界的注目，黃遵憲就曾致書梁啟超說：

---

37 丘逢甲：〈題凌孟徵天空海闊簃詩鈔並答所問臺灣事〉（三首）、詩云〈牙旗獵獵捲東風，舊事真成一夢中，自有千秋詩史在，任人成敗論英雄〉，《嶺雲海日樓詩鈔》，頁214-215。

此君（逢甲）之詩，真天下之健者。彼自負曰：「二十世紀中，
必當有劇黃、丘合稿者，」又曰：「十年後將代公而興。」論其
才調，必造此境，不可誣也。[38]

又南社詩人柳亞子也說：

時流競說黃公度（遵憲），英氣終輸倉海君，
戰血臺澎心未死，寒笳殘角海東雲。[39]

再而近人李漁叔在《三臺詩傳》一書中也說：

臺灣遠處東偏，自沈斯庵後，唯代有吟人，而自抱孤芳，聲華
未盛，……而自邱滄海出，日懋聲光，……抗顏英俊。[40]

從前面所引三文中，可見丘氏在詩界的受重視，尤其是受到清末
詩界革命的代表人物黃公度的讚賞，以及柳亞子還將黃、丘二人平等
比觀，又李漁叔更認為倉海將是臺灣詩史上具有新變代雄的重要性，
而這些無不說明了詩界對倉海詩作風格的一種公開推許及肯定其對漢
詩之貢獻！

結論

丘倉海出生在臺灣，自小接受儒家教化，而培養了其經世濟民，

---

38 見黃遵憲：〈與梁任公書札〉。
39 見柳亞子《論詩文絕句》。
40 李漁叔：《三臺詩傳》（高雄：學海出版社，1976年）。

以天下為己任的思想觀，當清朝被迫割讓臺灣時，他為了穩定動盪的局勢，號召民眾團結，並倡議建立「臺灣民主國」，結合全民力量以抗外侵，雖未能達至最後願望，但已將民主自由之意識概念最早在這塊土地上孕育，而這意念的始立應是吾人深念的一件大事，再而他在二十六歲之年考取進士，雖授工部主事，竟毅然不就而返臺，在崇文、衡文及羅山書院講學，宣揚儒學，擢拔後進，關懷民間疾苦，將所見發為詩篇，以述時局民生之困阨，其詞悲壯蒼涼，感人至深。倉海所作詩篇為數眾多，現存者僅二千多首，大部份是內渡後的作品，在內容上多屬慷慨激楚，悲涼沈痛之作，但其中以閭巷見聞，風土習俗等題材入詩者，可說最為特殊，內容層面含括了民間信仰、奇異山水、羽族蟲豸等，風格新穎突出，改變了舊有的寫詩範疇與手法，在遣辭用語上雖偏俚俗平淺，然寓義深遠，在雕鏤物情方面，生動自然，極富情趣，讀後頗發人深省，倉海這樣以「我手寫我口」，以真情寫實景，以雄渾抒心懷的寫詩方式，我們或可稱它為經「詩界革命」後之一種社會性的新體式漢詩吧！

丘逢甲的抗日愛臺詩研究[*]

前言

　　丘倉海（1864-1912），本名逢甲，字仙根，號蟄仙，仲閼，乳名秉淵，在詩作中常自署「南武山人」，丘氏祖籍廣東鎮平（今蕉嶺縣），出生於臺灣府淡水廳苗栗銅鑼灣，後移居彰化東勢角（今臺中東勢）定居，地屬僻郊，與原住民部落比鄰，當地居民部分為粵籍客家人，其俗多屬「尚武負氣」，在光緒三年（1877），倉海十四歲應場屋試，主試者為丁日昌，由於應試表現優異，受贈「東寧才子」印，旋又入海東書院受業於施士潔，博覽典籍，識見為之卓拔，於光緒十五年（1889）成進士，時年二十六歲，授工部主事，不就仍回臺灣，而唐景松延先生為臺南府治崇文書院講席，兼主講臺灣宏文書院及嘉義縣羅山書院，年中往來各書院間，倉海對臺灣年輕後輩之擢拔提攜，儒家文化之宣揚及社郡教育之關懷與推薦不遺餘力，倉海所寫的詩作數量相當的多，約計有五千餘，可是現存者僅二千多首，其中多為內渡後的作品，由前所敘而倉海先生的歷史背景及其對臺灣社會文化之貢獻及對民主自由理念之開啟頗值得吾人深念，故擬從以下數端分別探析與窺察先生寓儒於詩的內涵及其在詩作中赤裸地表達了抗日保臺的民族思想精神。

---

* 國際抗戰文學研討會，重慶文化交流中心主辦，2005年8月31日-9月2日，於重慶工商大學。

一 詩作中隱涵儒風與民族精神

在討論倉海的詩內涵之前，首先必須對儒學在臺灣的移植情形稍作敘介，就歷史而言，臺灣儒學的移植與發展，應該從明朝滅亡之後，大約在一六五三年，沈光文（1612-1688）開始，而後鄭成功才來臺灣，於是中國文化史便由此傳承開來，若考淵源，鄭成功與南朝的儒學是有著深厚的淵源，從驅走荷蘭開始建治臺灣，鄭成功在拓展社會與教化等政策上即相當的積極，而儒學更是其在施行教化上的重要課題，除外，儒學的另一來源則要推福建的朱子學，由於這兩方面的傳遞與宣揚，於是儒學便在臺灣漸漸地萌芽發展開來。

儒學的移植對日後臺灣的社會群體的影響是極為深遠的，從沈光文及鄭成功等的推展，一直到後來臺灣各地書院設置，書院教育的普遍，參加科舉考試而登榜者，更是不計其數[1]，這點可見儒學移植與生根的重要成果，然而在這種環境之下，倉海先生自移居庄彰化縣三角莊以後，其所接觸到的鼎盛的文風[2]，且此時又得名師吳子光的教導，學識大進，舉凡諸子百家，儒學思想便在倉海少年的心中奠下了基礎，所以展現在作品中也離不了儒家的形迹，比如〈游羅浮〉中云：

> 明儒盛講學，天下皆講席，幾令名山間，存儒無道釋。[3]

又如：

---

1 書院教育的普遍，士子的程度不輸中國內地的讀書人，相關資料可參考林文龍：《臺灣的書院與科舉》（臺北：常民文化事業公司，1999年9月）；又，陳昭瑛：《臺灣儒學》（臺北：正中書局，2000年3月）。

2 楊護源：《丘逢甲傳》（南投：臺灣省文獻委員會，1997年6月），頁10。

3 丘逢甲：《嶺雲海日樓詩鈔》（臺北：大通書局，臺灣文獻史料叢刊，第八輯），頁261。

　　陽明且戰且講學，學派曾傳揭嶺東，
　　鱗爪島夷矜弋獲，皮毛年少枉推崇。

　　空山偶得觀心法，橫海虛期破虜功，
　　今日會稽誰繼起，天涯攜手兩濛濛。[4]

　　從這些詩作中便可窺察出倉海在深受儒學薰習後的一種超然情操與思想，當然這種思想精神的表現，它並非狹窄，而是寬廣的，尤其是當他考中進士後，棄官從教，回到臺灣來從事教育，捍衛國土，而這種觀念與想法，在當時的臺籍士子來說，或許是一種普遍的現象，不僅是丘倉海是如此，就像在新竹地區的鄭用錫兄弟、臺北地區的黃驤雲、陳維英、黃敬及臺南一帶的陳震曜、劉恩勛等均然[5]，士子們所表達這種精神，如果就其深層面去推究的話，其最主要的無不是在抗拒當時官場的腐敗或不滿，再而就是當時有一些具有高度覺悟的士子們，為了謀求國家強盛富強，於是開始改變既有的觀點，如林則徐、姚瑩、魏源等人都可說是其中的代表者，然而倉海在當時社會思潮的激盪下也不能說沒有受到影響，他在〈聞膠州事書感〉中就云：

　　漢家長策重和親，重澤傳經許大秦，
　　祆廟屢聞生憤火，蓬山又見起邊塵。
　　青州灑斷愁難遣，黃海舟遲信未真，
　　慷慨出門思弔古，田橫島上更何人。[6]

4　丘逢甲：〈蟄仙見和前詩，時將歸浙，仍用前韻（二首）〉，《嶺雲海日樓詩鈔》，頁257。

5　李祖基：〈論丘逢甲的生平思想與時代潮流〉，《丘逢甲與台灣歷史文化學術研討會論文集》（臺中：逢甲大學人文社會研教中心，1996年3月）。

6　丘逢甲：《嶺雲海日樓詩鈔》，〈選外集〉，頁306。

又如：

> 萬里滇雲築將臺，班師久奏凱歌回，
> 九山天半青如故，又費將軍倚馬才。
> 戰火連山夜擊刁，邊功人說霍嫖姚，
> 攻心畢竟推諸葛，萬古威名倚碧霄。
> 飛車消息近何如，海上妖雲誓掃除，
> 立馬東南望天象，狼星魔燄眼中無。[7]

　　倉海描述心中的悲憤、沈痛的詩作甚多，然就以上所列者，作者隱含於詩中之意涵無不教人感受到其愛國捍土的精神，他以強烈的文辭表達了那些準備覷覬我國領土者——列強國家的不滿！

　　在當時外來勢力的入侵，清廷武力薄弱與無能，的確揭示了當時內政上的種種隱憂，而這些現狀都清楚地映存在詩人的眼裡，就像倉海這樣一個「以天下為己任」的志士來說，更是悲憤慨嘆，所以在甲午戰爭開始，他更以「抗倭守土」血書為號召鄉里，投筆從戎，籌建義軍，保衛自己的疆土，故在得知清廷政府決意割臺放棄臺灣之後，倉海等人立即籌建臺灣民主國，推臺灣巡撫唐景崧為總統，改元「永清」，他這種精神之原發與開展無不淵源於自少年時所受之儒家教化，培養了一股強烈的民族精神氣概，這種氣象都表達在其作品中，例如〈竹枝調〉：

> 一劍霜寒二十秋，大王風急送歸舟，
> 雄心未死潭邊樹，夜夜龍光射鬥牛。[8]

7　丘逢甲：〈次韻和馬總成都龍紀勝四絕句〉，《嶺雲海日樓詩鈔》，頁73。
8　見〈臺灣竹枝詞〉四十首中的第四十首。

這雖是首抒情之作，可是卻有不同凡響的思想蘊含其中，比如以劍潭插劍成樹的傳說為自喻，同時更以夜夜龍光射鬥牛的氣勢抒寫其壯志雄心，而這種精神情懷，其實頗有文天祥在〈正氣歌〉中所表達的浩然氣概，然而在倉海的詩作中，不論在內渡前或內渡後所寫的作品，其在內涵上無不隱含著一股浩然的情感，凌厲雄邁、纏綿沈摯的氣勢，而在詩界來說，倉海不論才情與學力，都應該算是冠絕儕流的詩人。

二　強烈的抗日保臺情懷

在一八九四年中日甲午戰爭爆發，戰爭的結果，清廷遭受到嚴重的挫敗，而日軍逐漸逼近遼西，這使到京師感到震撼。而當時清廷看到清勢危急，於是不得不與日方談判謀和，後來幾經週折，在一八九五年三月派遣北洋大臣李鴻章為全權大臣，前往日本在九州下關春帆樓與日本首相伊藤博文協商停戰合約事宜，而這便是後來在近代史上所謂的屈辱的「馬關條約」。

而在這段期間丘逢甲正負責臺灣團防工作的重要幹部之一，後來他又奉旨督辦團練，四處奔走，以「抗倭守土」號召鄉里，召集民眾，向大家說明原委，他說：

> 吾臺孤懸海外，去朝廷遠，不帝甌脫，朝廷之愛吾臺。曷若吾臺人之自愛，官兵又不盡足恃，脫一旦變生不測，朝廷遑復能顧吾臺？惟吾臺人自為戰，家自為守耳。否則，禍至無日，祖宗廬墓之地，擲諸無何有之鄉，吾儕何以為家鄉？[9]

9　見曾迺碩：《乙未拒日保臺運動》（臺北：臺灣史蹟研究會），頁222-227。

　　這段話裡清楚地告訴了臺灣當時的民眾，朝廷是愛護臺灣的，可是由於官兵之不足，卻無法予以保護，故而我們則必須自愛，自動地來保護自己的家園土地。丘逢甲的演說「一字一淚，言未已，已哽咽不能成聲，聞者喊痛哭，願為命是聽」，由於丘逢甲的努力奔走與鼓吹下，當時熱血青年為了響應這一愛國愛鄉的號召相當熱烈。關於這點我們在唐景崧的奏摺中也可看到這樣的記載，云：

> 臣於聞之初，即商邀在籍工部主事丘逢甲遴選頭目，召集健兒，編伍在鄉，不支公帑，有事擇調，再給糧械。現臺灣府所屬四縣已挑即一萬四千人，編為義勇二十六營，造冊前來，南北兩府，並令丘逢甲一律倡辦。該主事留心經濟，鄉望式符，以之總辦全臺義勇事宜，可以備戰事而固民心，於防務不無裨益。[10]

在這段實錄文字中，可以看出當時丘逢甲率領編練義勇軍防守於彰化、新竹之間，以備戰事而固民心，由此可看出丘逢甲愛鄉護民的付出與努力了。

　　但是沒想到在一八九五年三月三十日，中日雙方簽訂了「停戰協議」，而臺灣並不在停戰協議的範圍之內，所以當時臺灣民眾聽到這消息之後，立即認為日本是要以武力奪取臺灣，同時丘逢甲也深覺臺灣被出賣，甚而被割讓的後果，竟而在條約簽定當日，得知臺灣是被割讓的事實後，全臺人民震駭，丘逢甲聞訊，怒不可遏，於是隨即以「工部主事統領全臺義勇」的名義，上書清廷反對割讓臺灣，其內容云：

---

10 見江山淵：《丘倉海傳》（臺北：臺灣銀行經濟研究室，1959年6月，臺灣文獻叢刊四十種）。

和議割臺，全臺震駭，自聞警以來，臺民慨輸餉械，不顧身家，無負朝廷列聖深仁厚澤二百餘年，所以養人民、正士氣，為我皇上今日之用，何忍棄之。全臺非澎湖可比，何至不能一戰！臣等桑梓之地，義與存亡；願與撫臣誓死守禦，設戰而不勝，請俟臣等死後，再言割地；皇上上亦可對祖宗，下對百姓，如日酋來收臺灣，臺民惟有開仗。工部主事統領全臺義勇丘逢甲謹率全臺紳民上陳。[11]

這是首篇丘逢甲在四月十六日給清廷的請願書，表達了誓死守禦，保護鄉民的決心，然而他又接著在四月二十一日及四月二十八日兩次再上書要求清廷廢約再戰的主張及建議，從這些文字中便很清楚地可以看到他哀慟之情和抗禦異族入侵臺灣的憤懣之情。丘逢甲的抗日情懷深深地感動了當時光緒帝的老師翁同龢，翁氏在日記中記載道：「得臺門人俞明震、丘逢甲電，字字血淚，使我無面目之於世人矣！」雖然如此，但是時至五月二日，光緒皇帝還是批准了馬關條約的簽定，而丘逢甲及全臺人民的希望清廷收回割讓臺灣予日本的企盼宣告破滅！

三　高度熱愛文化與濟民思想

逢甲是位才情卓越，感時深刻的詩人，然在清朝，尤其是社會腐敗多樣的變化與動盪不安下，而詩人在懷念臺灣與對時局之感慨尤為深切，在這段時間他所寫的詩作，可說無詩不愁，其中以懷臺為主題者最為普遍，例如：

---

11 見王彥威編：《清季交涉史料（光緒朝）》（臺北：文海出版社，1964年）。

天涯雁斷少書還，夢入虛無縹緲間，
兵火餘生心易碎，愁人未老鬢先斑，
沒蕃親故淪滄海，歸漢郎官遜故山，
已分生離同死別，不堪揮淚說臺灣。[12]

逢甲這首詩是在鄉居粵的時候所寫的，抒發了他對臺灣鄉土民情的思念，看到國家土地的割讓，心中無限的慨嘆，朝廷的無能，這對滿腹雄心的人來說，怎能不會有兵火餘生心易碎與未老鬢先斑的可能呢？除思念民情鄉土之外，他對百姓在當時遭受內憂外患的疾苦，同樣的有寫成詩篇，如〈三饒述懷〉一詩云：

三饒設治初，頗用憂山賊。孤城依山立，陶築資民力。
⋯⋯，⋯⋯。
山田歲兩熟，民生在稼穡。年荒百貨貴，菜茹當肉食。
道上逢老農，喘汗有飢色。誰為富教謀？用奏循量績。
⋯⋯，⋯⋯。
驅車過山邑，懷古心焉惻。峨峨望海嶺，秋風浩無極。[13]

在詩中表達了高度對百姓疾苦的關懷，一旦遇上水旱饑饉，民生經濟更形凋蔽，再如描寫水災，水潦，飢餓等悲苦情狀的詩作〈述災〉一詩，真是句句血淚，詩云：

災天久不雨，一雨遂汎濫。三江勢俱漲，有地皆水占。
平鄉水過屋，高市水入店。桑田盡成海，餘者山來陷。

---

12 丘逢甲：《嶺雲海日樓詩鈔》，卷1，頁10。
13 丘逢甲：《嶺雲海日樓詩鈔》，卷6，頁117。

……，……。

災民露天宿，屢徙常倚擔。生者鵠而立，死者魚腹殮。

天心夙仁愛，忍使民昏墊。無家百萬人，仰視寧無憾。[14]

詩人目睹天災，民生疾苦，無不心緒如潮，心中所掛念著是處處聞飢
復聞亂，年年憂雨更愛晴的悲慘景象，當然這些都是出自於詩人仁者
胸懷，對中下層人民生活的深入瞭解與關照！在前面所舉的詩作中可
說赤裸地表述了詩人的心情與感慨，除對自己的鄉土懷念，同時在收
復國土的雄心及眼見當時列強環伺而人心惶惶的景象也有所記述，
詩云：

方今議者利變法，我法不用寧非羞，

況有治人無治法，若為國計宜人求。

惟公抗古獨持論，會當入告宣嘉謀，

有客哀歌動天地，蹈海不列生猶偷。[15]

又如：

極目寒山落照遲，邊風獵獵捲牙旗，

黃犀入貢非今日，白馬馱經異習時。

山海龍呼愁變夏，春秋麟泣成書夷，

千年秋火彌張焰，太息流傳景教碑。[16]

---

14 丘逢甲：《嶺雲海日樓詩鈔》，卷11，頁226。

15 丘逢甲：〈長句贈許仙屏東丞並乞書心太平草廬額，時將歸潮州〉，《嶺雲海日樓詩
鈔》，卷1，頁33。

16 丘逢甲：〈歲暮雜感〉（十首），《嶺雲海日樓詩鈔》，頁42。

逢甲在大部分的抒情作品中都融入了他個人平日所見聞的一些社會現象，內容的含蓋面相當的廣泛，例如農村記實民眾生活、社會局勢，甚至一些民間風俗等都被生動地描繪成詩篇，而這些作品在今天都成了一種對研究當時社會現象發展或民情鄉俗最直接的參考文獻資料！

結語

丘逢甲出生在臺灣，自幼接受儒家教化，而培養了其經世濟民，以天下為己任的思想觀，當清朝被逼割讓臺灣時，他為了穩定動盪的局勢，號召民眾團結，訓練義勇軍防，愛鄉護民，再而四處奔走在各大書院中講學，擢拔後進，他雖一介書生，然當時看到列強，尤其是日本侵佔臺灣及清廷的軟弱無能更是讓他怒不可遏，於是他將所見發為詩篇，其詞悲壯蒼涼，且隱含了強烈的抗日反戰追求和平的精神，讀其詩如見其人，令人感佩至深！

古典文學中的民俗文化探析*

前言

　　本小論主要是從我國古典文學中考察有關民俗與文學間的相互關係及其內涵思想，比如平時我們在研讀散文、傳奇小說或戲劇時，不難察覺其中題材或多或少是來源於民間文學的，甚至有些傳說還被多次引用在各個不同的作品中，反映了各種意義，雖然如此，但是並不教人讀後感到厭膩，相反地反而更增加了它的流廣面與影響，於是，在這裡我想從古典文學中舉例說明民俗故事被引用在文學作品中作為題材的意義及其在社會階層中所反映的一些思想現象。

一　民俗與文化教養

　　民俗，在中國社會來說是有著極重要的關係的，至於它的起源則是來自古代先人的禁忌和迷信，我們知道在古時候，由於人們的知識與認知並沒有那麼博廣來應付自然界的各種威脅，所以在自然界面前都顯得十分的藐小，再而在人生和社會環境的持續發展下，當時日長久之後，這種自然的神秘在先民的心中就自然產生了一種信仰、力量，甚至是——神的看法。例如人們為了消除災禍趨吉避凶，能夠平平安安地生活，於是，便對神靈的事物，或對神靈可能產生所在的時

*　原載於《北市師院語文學刊》8期（2004年6月），頁139-150。

間、空間採取了敬而遠之的態度。比如：古代寒食節禁火，就是源起古代的禁火俗（《周禮》〈秋官司寇‧司烜氏〉），又如：舊俗認為月亮和星星都能降福禍於人，不能以手指月或星星（《荊楚歲時記》）等，當然這些都是在現在我們看來都很淺俗，甚至可笑，但是當它被留傳下來，而成了大家共同的一種習慣之後，它就是所謂的一種風俗，接著如果有人將它記錄或表達在詩文作品之中，於是它便成了今天我們考察當時社會民情或歷史現象的一種文獻了；其實，或許我們可能說，民俗活動應該是先民們文化的積澱，同時它包括了政治和社會環境背景的內涵，所以黃遵憲就曾經說：

> 天下萬國之人、之心、之理，既已無不同，而稽其節文乃南轅北轍，乖隔岐異，不可合併，至於如此，蓋各因其所習以為之故也。禮也者，非從天降，非從地出，因人情而為之者也。人情者何，習慣是已，川岳分區，風氣間阻，此因其所習，彼亦因其所習，日增月異，各行其道，習慣之久，至一成不可易，而禮與俗皆出於其中……風俗之端，始於至微，博之而無物，察之而無形，聽之而無聲，然而一二人倡之，千百人和之。人與人相接，人與人相續，又踵而行之。及其成，雖其極陋甚弊者，舉國之人，習以為常。上智所不能察，大力所不能挽，嚴刑峻法所不能變。夫事有是有非、有美有惡，旁觀者或一覽而知之，而彼國稱之為禮，沿之為俗，乃至舉國之人，輾轉沉錮於其中，而莫能少越，則習之困人也大矣！[1]

從這段文字裡便可窺察出，民俗它的形成及其重要性，它的開始

1　（清）黃遵憲：《日本國誌》。

雖然是至微，根本不被人重視，但是只要少數人加以倡導的話，那麼它就會很快地廣散開來，而受大家的重視，更重要的是它不改變某些強行的做法，因此民俗對於民眾社會的約束力應該是相當的大的！

　　然而談到民俗文化的表現方面，一個民族的基本素質的高低，我們是可以從其民俗文化的本質優劣與否窺察出來的，當然在這裡我們必須注意到民俗文化的內涵精神，其所涵蓋面是複雜且廣泛的，比如中華民族長期發展支配著的是屬於部族的亞文化，也就是民俗文化，這文化的理想標準是天、地、人三位一體，即所謂的「天人合一」的主體，這樣的一種複雜性，它可以說是包括了社會與人群的相互關係的各種現象，這種現象的發展與延伸到後來，自然的對整個人民的思想、文學或教養上都會產生相當程度的影響！

二　文人筆下的民俗新意與寓含

　　然而就中國古典文學方面而言，其中保存著不少原始的歌謠文學，比如《彈歌》[2]文字簡短，前後不過只有八個字，可是它卻表達了當時人民在狩獵時候的活動情形，這種質樸而簡潔的文字，它可說赤裸裸地表現出了一種群體合作，為了要達成某一項任務的內涵與精神，除此之外，我們再看看魏晉時期的一些志怪小說，其中也有不少是作者筆記下來的一些當時在民間留傳的故事或傳說，其中例如：漢武的求仙術，他想與神仙相遇，傳授他們不老之方，不想在世間稱雄於人，我們知道不死之藥原是仙術的一種，如果服了這種藥物即可成

2　「斷竹、續竹、飛土、逐穴（古「肉」字）」。古人認為這是皇帝時代的歌謠（劉勰《文心雕龍·章句篇》）。又在《逸周書·職方解》中也說：「東南曰揚州，其利金、錫、竹箭。」這也說明在黃帝時代的吳越就能斷竹造箭，那麼古樂截竹而吹應該是可能的。

神仙，而秦始皇求了多年，沒有得到，到漢武帝仍然不放棄，用盡各種方法，最後仍然沒有結果，因而這種類型的傳說故事，流傳民間，於是一般文人便將這些題材轉化改編，融入到詩文作品之中，而成了一種追求長生不死，或自由不受拘束，逍遙放達的精神渴想！

又在《隋書》〈經籍志〉中也載錄一些相關志怪方面的資料，然而在這些記載文字中，不難看出有些地方是由佛教的傳入中土而引來的一些轉化或趨向多樣性，其中《隋書》〈經籍志〉就有〈列異傳〉三卷，署魏文帝撰，現已不存在，可是在兩《唐志》則記載是張華撰，其中何者為是，不得而知，可是其書則常為宋裴松之所引，其中有：

> 南陽宗定伯年少時，夜行逢鬼，問曰：「誰？」鬼曰：「卿復誰？」定伯欺之，言：「我亦鬼也。」鬼問：「欲至何所？」答曰：「欲至宛市。」鬼言：「我亦至宛市。」共行數里，鬼言：「步行大亟，可共迭相擔也。」定伯曰：「大善。」鬼便先擔定伯數里，鬼言：「卿太重，將非鬼也？」定伯言：「我新死，故重耳。」定伯因復擔鬼，鬼略無重，定伯復言：「我新死，不知鬼悉何所畏忌？」鬼曰：「唯不喜人唾。」……行欲至宛市，定伯便戴鬼至頭上，急持之。鬼大呼，聲咋咋索下，不復聽之。徑至宛市中，著地化為一羊，便賣之，恐其便化，乃唾之，得錢于五百。[3]

又如：梁吳均的《續齊諧記》一書，其實他是續東陽無疑的《齊諧記》而寫的，他的小說內容多以留傳怪誕故事而入文者，但也多經潤飾而成，例如以下這段文字：

3　（宋）李昉：《太平御覽》，卷884。（唐）釋道世：《法苑珠林》，卷6。

京兆田真，兄弟三人，共議分財，生資皆平均，惟堂前一株紫荊樹，共議欲破三片，明日就截之，其樹即枯死，狀如火然。真往見之，大驚，謂諸弟曰：「樹本同株，聞將分斫，所以憔悴，是人不如木也。」因悲不自勝，不得解樹，樹應聲榮茂，合財寶，遂為孝門，仕至大中大夫。

在此段故事中，雖然讓人讀後不免深感神奇，可是在作者的設意和構思之下，將神奇另富新意，本因兄弟擬分產，砍伐堂前之紫荊樹為三片，然樹未經砍伐即先枯萎，表示出了兄弟分財之不當，本身同根生，應相聚一起，由樹枯之啟示，兄弟也因深悟不如樹之相惜，最後打消原意，合財如初，遂為孝門！

我們知道民間故事，在古代文化並不十分發達的社會裡，其實它應是被人們賦上了一些教育或警戒的意義的，由於富有這層意義，所以才會越傳越廣，甚或長久地被口傳下來[4]或被文人引用於詩文中，或將其改寫成文字留傳後世，除此之外，還有一種像孝道，或善化之類的也不少，例如：《目蓮救母》。這一傳說，其內容就是講盂蘭盆的由來，我們在《佛說盂蘭盆經》和《佛說報恩奉公瓦經》所看到的故事。目蓮在祇園精舍，才剛得神通力的時候，便因為想濟度父母，報

---

4 至於口傳這點，例如魯迅在其〈神話與傳說〉中說「迨神話演進則為中樞者，漸近於人性，凡所敘述，今謂之傳說，傳說之所道，或為神性之人，或為古英雄，其奇才異能神勇為凡人所不及，而由於天授，或有天相者，簡狄吞燕卵而生商，劉媼得交龍而孕季，皆其例也。」（魯迅：《中國小說史略》，頁23。）又，鍾敬文認為：「民間傳說是勞動人民創作的與一定的歷史人物、歷史事件和地方古跡、自然風物、社會習俗有關的故事。」（《民間文學概論》〔上海：上海文藝社，1980年〕，頁183。）又，張紫晨也認為：「傳說不僅是口傳之說，它作為一種文體，主要是因為它之所傳所說，與一定的歷史人物、歷史事件和地方古跡、自然風物、社會習俗等有關。它既不像神話那樣講開天闢地時的英雄，也不像童話那樣與歷史性與地方性的口頭文學。」（《中國古代傳說》〔長春：吉林文史出版社，1986年〕，頁2。）

答養育之恩，她遍走世界，一看，她母親正陷入餓鬼道，於是便立即把缽盛飯去奉養母親。但沒想到，那缽飯忽然變成了火。這時目蓮哭著告訴了釋尊，釋尊教她救濟的方法，以七月十五自恣之際為期，把盆兒盛滿百味食物，去供養十方僧侶，果然，她母親因為這項功德而解脫了一劫餓鬼之苦，目蓮的悲哀也消除了，眾生都高揚歡喜之聲，所以後來便有年年盂蘭盆的供養。然而這短短的傳說，不僅被寫入小說，或戲劇或民間宗教等相關的資料中，就是到目前這種祭祀習俗仍然是留存在民間。

從前面的敘介看來，在這裡或許我們要問，在這龐雜的民間傳說中，在思想藝術上到底有什麼價值？首先我們必須瞭解，在古代的傳說來說，大部分應該是屬於虛構性的口傳文學，而其所傳所說，與一定的歷史人物、事件、古跡、風物、社會風俗都有相關，而且是一般人所不能及者，同時其所表現的標準內涵，可說含括了生活、思想和品德等方面，而這些現象都和一般下層民眾的想法和感情是有著分不開的關係的，當然在這當中也表示出了一般民眾的幻想，或心目中追求的理想，可是這些不論是屬於人或事方面的事件，其實它應該是表達了相當程度的意見和思想看法的，例如：

南朝劉敬叔在《異宛》卷一中引：

　　古語有之曰：古者有夫妻，荒年菜食而死，俱花成青絳，故俗呼美人虹。虹，郭云虹為霓，俗呼為美人。

在這段文字中描述了在南朝劉宋期間，不幸遇上荒年，糧食歉收，有對夫婦，光吃菜食而營養不足，最後同時死去，而化為「美人虹」的一個傳說，但是這個故事卻有它的深意在，它象徵了在古代一對同患難的夫婦，雖然到最後同時死去的堅貞相愛，永不分離的恩愛

之情，又，南朝劉義慶在《幽明錄》卷六中有一則文字，云：

> 樂安縣，故市經荒亂，人民餓死，枯骸填地，每至天陰將雨，
> 輒聞吟嘯呻嘆聲聒於耳。

這則文字反映了在劉宋期間，樂安縣（就是現在山東的博興縣）
曾經發生了飢荒戰亂，而當地人民多被餓死，枯骨遍地，所以每當陰
雨時候，便會聽到呻吟哀嘆之聲，當然這顯明地表示了戰亂時代人民
生活悲苦和社會不寧的情狀。

又如《述異記》卷上記載：

> 漢世翁仲儒家，人貧力作，居渭川，一旦，天雨金十斛於其家。

在這段文字裡講述了漢代有位居住在渭川的翁仲儒，家境貧寒，
可是他努力耕作，突然有一天，從天上降下了十斗斛的金子到他家中
的故事。而在這簡短的文字中表達了農人在心中的渴望，能得到大量
的金子而改變他們貧苦的生活，且從另一角度也側寫出了當時社會民
生並不富裕的情形！

當然像這類的故事載錄在古籍中，可說相當的多，在這裡我們不
過只是舉出一二例子作為說明而已，在一則民間口傳故事當中，其實
它應該是有它的社會內涵的，並且也反映出了當時民間生活的某些實
況和民眾心中的希望或聲音，而這些來自民間的心聲和渴望，大部分
都和生活環境或民族節義教化有關，表達的方式可說十分的赤裸坦率。

在前面曾經提及民間傳說常經文人引入詩文作品中，或改寫成傳
奇故事，而在社會上廣泛流傳，但如果嚴格地說來，這些應該不能算
是作者本人的文學創作，雖然如此，但是，在以虛構或傳奇式的題

材、結構、想像及表達技巧等方面來看，它除了明白地表示出了社會現狀之外，它應該具有相當程度的文學性或藝術價值，例如：清劉良璧在《重修福建臺灣府志》卷十九〈雜記‧叢談〉中節引了《臺灣志略》中有云：

> 明太監王三保植薑岡山上，至今尚有產者，有意求覓，終不可得。樵夫偶見，結草為記，次日尋之，弗獲故道，有得者，可瘳百病。

關於這則文字，在《臺灣風俗志》中也有敘及，明朝的三保太監鄭和，曾來臺灣在鳳山縣的岡山上種薑，到現在還有生產，可是不論怎麼找也找不到，偶爾樵夫碰到，就用草作成記號，準備在次日前去挖採，然而卻又無緣無故不見了，如果挖到這種薑的話，可以用來治療各種疑難雜症！

前面所提及的文章內涵，主要是指太監三保是關心民眾生活的人，至於他是否來過岡山並不重要，其次這段文字在修辭表達上婉轉活潑，道出了三保對少數人民關心和做好事情形，再而文章題材雖少，但主題突出，表達了一種高度的文學藝術特性。

又如在吳瀛濤著《臺灣民俗》中有一則題為〈女魂花〉：

> 澎湖南大嶼的海濱，有幾株花，開得鮮豔奪目，但是卻沒有人知道花名叫什麼？且一般迷信者，如果攀折此花，就會生病。原來當明朝滅亡時，很多住民曾避難於此，後來都被海賊殺光，只剩下七位婦女，為了誓守貞節，最後也投井自盡了。海濱的那幾株花，據說就是那七個女魂的化身。

　　這篇〈女魂花〉主要是講述當明朝滅亡時，不少居民逃到臺灣澎湖南大嶼來避難，但是遭海盜殺害，其中剩下來的七位婦女為了堅守貞節，相約投井自盡。後來在澎湖南大嶼的海濱長了幾株花，鮮艷奪目，而這花據說是那七個女魂的化身，故事曲折，帶有濃厚的傳奇色彩，但是在內容上表達了婦女們那種堅強不屈，誓守婦節的精神，其中還說這開得鮮艷奪目的花兒，請人們不要攀折，倘若不信攀折了將會生病，文字不長但卻頗富警戒與文學的浪漫情節。

　　除了上面所提及短篇的傳奇故事或留傳民間的一些志怪神話之外，像大家所熟悉的唐代傳奇中，沈既濟的《枕中記》寫道士呂翁在邯鄲道上一家旅店裡，遇到了一位不事農業生產，卻一心嚮往昇官發財的書生名叫盧生的在大發牢騷，自嘆貧困。但是道士為了使他醒悟，所以明白告之「寵辱之道，窮達之運，得喪之理，死生之情」的道理後，隨即拿出一個青瓷枕頭，叫盧生睡在上面，盧生入夢後，娶了一個名門貴族的小姐崔氏女，接著又考中進士，升官，出將入相，享盡榮華富貴，可是醒來卻是一場夢，而旅店裡蒸的小米飯還沒熟呢？故事中批判了那厭惡工作，追求功名富貴的想法，當然作者是以道家的虛無主義來批評儒家的利祿思想的！

　　又如李公佐的《南柯太守傳》是寫落魄俠士淳于棼醉後夢入大槐安國，當了駙馬，最後作了南柯太守，連連升官，極為顯貴，後來因為國王疑忌，被遣送回家，淳于棼醒來發現自己原來是夢遊屋旁的螞蟻窩的故事。這部傳奇在內容上頗富啟示與警惕之意，揭露官場醜態和士大夫醉心功名利祿的現象。

　　其次又如李朝威的《柳毅傳》，它是一篇屬於描寫婚姻愛情的神話小說，內容主要是敘述書生柳毅落第返湘，有一天柳毅途經涇河，遇見洞庭女牧羊荒郊，龍女向她訴說了被夫家涇河龍王虐待的情形，深表同情，於是決計為龍女傳信給她的父親洞庭君，為叔錢塘君所

知，出兵討伐，殺了涇河龍王，救出了龍女，因感柳毅傳信之恩，以龍女嫁之。這篇雖寫水府龍宮、人神通婚的神話故事，可是卻反映了當時社會的現實生活，揭示了封建制度下的婦女婚姻的不幸與痛苦。

從留傳下來的一些傳奇故事中，我們可以發現在內容上多數是取材於民間文學，之後加上作者的潤飾與組織而成了後來膾炙人口的作品的，當然從這些文學作品中也可以找出各個不同的故事原型。如關漢卿所寫的戲劇《竇娥冤》，這齣戲的情節就可以明顯地看出它是取材自前代記載的《東海孝婦》的故事而來的。

又如元人鄭德輝所寫的《迷青瑣倩女離魂》雜劇，它是根據唐代陳玄祐的《離魂記》加以改寫而成的，關於這點，當我們翻閱陳玄祐的作品時發現在此傳奇的最後結尾的地方有這樣的一段文字，說：

> 玄祐少常聞此說，而多異問，或謂其虛，大曆末，遇萊蕪縣令張仲規，因備述其本末，鑑則仲規堂叔祖，而說極備細，故記之。

從這裡可以知道這故事原來是屬於民間傳說，故事漸漸傳廣，由虛而實，當到陳玄祐時便信以為真地把它記成了文字。

就前面所探討分析考察看來，我們可以發現不論是歌謠或是傳奇文學作品等的內容，在某些地方很明顯是脫胎自民間的流傳故事或神話而來的，只不過其中大部分是經文人改寫或另加潤飾而情節更為曲折，更具新意，所以一則民間傳說可以廣泛或長久地留傳下來，而成了我們研究古代社會發展或現象的一項重要的參考文獻。

三　反映民眾心聲與社會現象

我們知道民俗是屬於一種文化現象，當自有人類或社會組織開始

以來，這種民間的風俗習慣便已經產生了。所以它的歷史是久遠的，而累積下來的材料及內容也最為博廣，然就其內容而言，大陸學者鄭振鐸和楊蔭深曾將它分為：詩歌、小說、戲曲、講唱文學和遊戲文學等五大類。[5]而至於其特徵方面，則有：（一）大家的、（二）無名的集體創作、（三）口傳的、（四）新鮮的，但是粗鄙的、（五）想像力奔放的、（六）勇於引進新的東西。[6]由以上的說明，我們大致可以瞭解到民俗的內涵及精神，而它應該是在社會生活中的一種普通的現象，且是大眾化，廣泛新鮮和活潑，無名的集體創作，可能某些是屬教化、祓除、信仰、或生活美感等，類別相當多樣，但是有一原則，它是通俗的，不是難懂的，是屬於文學作品，然而就廣義回來說，其實它應該和人類學、民族學、社會學、歷史學有著密不可分的關係。

5　見鄭振鐸在《中國俗文學史》中提及俗文學作品的六大特徵說：「俗文學的第一個特質是大眾的，她是出生於民間，為民眾所寫作，且為民眾而生存的，她是民眾所嗜好，所喜悅的，她是投合了最大多數的民眾之口味的，故亦謂之平民文學。她的第二個特質是無名的，集體的創作；她的第三個特質是口傳的；她的第四個特質是新鮮的，但是粗鄙的；她的第五個特質是想像力往往是很奔放的，非一般正統文學所能夢見，其作者的氣魄往往是很偉大的，也非一般正統文學所能比肩；她的第六個特質是勇於引進新的東西。凡一切外來的歌調，外來的事物，外來的文體，文人學士們不敢正眼兒窺視之的，民間的作者們卻往往是最早便採用了，便容納了它來。」

6　鄭振鐸在《中國俗文學史》中將俗文學作品分為五類：「一、詩歌：包括『民歌、民謠、初期的詞曲等等』。二、小說：『專指話本，即以白話寫成的小說而言的』。包括短篇的小說，長篇的講史，中篇的如《玉嬌梨》之類，而不包括傳奇和筆記小說。三、戲曲：包括南宋戲文、元雜劇和地方戲。四、講唱文學：包括變文、諸宮調、寶卷、彈詞、鼓詞。五、遊戲文學：大體是以散文寫作的，但也有作『賦』體的，從漢代的王褒《僮約》到繆蓮仙的《文章遊戲》，幾乎無代無此種文章。」又，楊蔭深則把俗文學分為六類：一、詩歌類：包括民歌、擬民歌體詩、民間故事詩、俗曲等。二、說唱文學類：包括曲唱詞（含變文、寶卷、諸宮調、彈詞、大鼓、蓮花落等）、平話、評書、相聲、滑稽、快板、快書等。三、戲曲文學類：包括志怪小說、傳奇小說、筆記小說、話本小說、章回小說、新型俗文學小說等。五、故事類：包括神話、傳說、故事（含寓言、童話、笑話、新故事）等。六、其他類：包括對聯、詩鐘、謎語、繞口令、諺語、歇後語、民族歌劇、部分影視劇、俗賦等。

　　然而就目前留傳下來的民俗故事而言，其中不難發現部分是被文
人作家引用到自己的作品中，或將其改寫成戲劇、傳奇小說流傳到後
代，而作者們之所以肯為此傳說題材採錄及改寫，在這當中一定有它
的精神意義在，根據一般的考察，第一可能是由於故事的內容感人致
深，或深刻地表達了當時的社會現象，這點我們可以《公無渡河》
（即《箜篌引》）為例，根據崔豹《古今注》所云，本來它僅是一首
民間歌謠而已，歌謠內容是：

　　　　公無渡河，公竟渡河，墮河而死，當奈公河。

　　文字和詩歌的本事都十分簡單，然而它那無可奈何的絕望呼號，
則深刻地反映了當時某階層民眾的心中渴望，除外又如在漢樂府中的
《瑟調曲》裡的〈婦病行〉[7]和〈孤兒行〉[8]，都是表現得最真切的當
時社會與家庭淒苦的生活寫照。
　　其次民間文學本身保存著某種程度上的倫常觀念，以及庶民的生

7　在漢樂府中的《瑟調曲》表達了家庭淒苦的生活寫照，如：〈婦病行〉與〈孤兒
　　行〉。〈婦病行〉：婦病連年累歲，傳呼丈人前一言。當言未及得言，不知淚下一何
　　翩翩。「屬累君兩三孤子，莫我兒饑且寒。有過慎莫笪笞」。「行當折搖，思復念
　　之！」亂曰：抱時無衣，襦復無裡，閉門塞牖舍。孤兒到市，道逢親交泣，坐不能
　　起。從乞求，與孤買餌，對啼泣，淚不可止。我欲不傷悲，不能已。探懷中錢，持
　　授交。入門見孤啼，索其母抱。徘徊空舍中，行復爾耳。棄置勿復道！

8　〈孤兒行〉：孤兒生；孤兒遇生命當獨苦。父母在時乘堅車，駕駟馬。父母已去，
　　兄嫂令我行賈。南到九江，東到齊與魯，臘月來歸，不敢自言苦。頭多蟣蝨，面目
　　多塵。大兄言辦飯，大嫂言視馬，上高堂，行趣殿下堂，孤兒淚下如雨。使我朝行
　　汲，暮得水來歸，手為錯，足下無菲。愴愴履霜，中多蒺藜；拔蒺藜，腸肉中愴欲
　　悲。淚下渫渫，清涕纍纍。冬無複襦，夏無單衣。居生不樂，不如早去，下從地下
　　黃泉。春風動，草萌芽，三月蠶桑，六月收瓜。將是瓜車，來到還家。瓜車反覆，
　　助我者少，啗瓜者多。願還我帶，獨且急歸。兄與嫂嚴，當與較計。亂曰：里中一
　　何譊譊，願欲寄尺書，將與地下父母，兄嫂難與久居。

活實態，比如婚喪儀禮，歲時風俗，或宗教生活等的實錄資料，由此可見民俗生活和文物應是我國歷史文化重要遺產，且一直都在反映著人類的發展。再而從這些實錄中同時也提供了不少社會倫理及治國方略方面的知識，如：司馬遷對西漢以前的治國要略就曾經這樣說：

> 其為術也，因陰陽之大順，采儒墨之善，撮名法之要，與時遷移，應物變化，立俗施事，無所不宜，指約而易操，事少而功多。[9]

又如：漢應劭在《風俗通義》的序言中也說：

> 俗者，含血之類，像之而生，故言語歌謳異聲，鼓舞動作殊形，或直、或邪、或善、或淫也。聖人作而均齊之……天子巡狩至於岱宗，觀諸侯，見百年。命大師陳詩以觀民風俗，孝經曰：移風易俗莫善於樂……由此言之，為政之要，辨風正俗最其上也。

由以上這兩段引文中便可以瞭解到風俗雖起自社民間，但是它是代表著相當程度的人民的意見和心聲的，所以為政者在治國要略上，必須懂得如何辨風正俗，純正社會風氣，指引或提升民眾的認識。

其次如民間崇拜祖先，以祭祀祖宗為人倫要義，治國根本，在每個家庭的正堂，供奉世代的神主，朝夕焚香膜拜，據說「神主」的起源其早，在周武王伐紂之初，武王就奉父親文王的神主而興義師，之後人們就把祖先牌位稱為「神主」，還有就是當家中子孫若有不肖，

---

9 司馬遷：《史記》〈太史公自序〉（臺北：藝文印書館，影印武英殿刊本）。

家長就把子孫拉到祖先牌位前責罵，子孫也就因此痛改前非等等。所以從民俗資料中去探究一個民族的歷史文化的變遷，甚至在文學作品中所引用民俗故事，或許多少也影射或代表著某時代的社會現象，或民眾的心聲！

四　民俗資料提供對當時社會的瞭解

現在接著下來讓我們來看看在古典文學中所反映的一些民俗思想，比如宋玉的《高唐賦》中的巫山神女，《水滸傳》中的民間結義和混號，《顏氏家訓》中所載錄的北方少數民族的風俗，又如《淮南子》中記載有宓妃、織女、青女、女夷、西王母、北斗的雌神等眾多女神的名稱，並且還敘述了漢人重狗肉、禁殺牛、鬼畏桃枝、烏鴉、土龍以及各種盟會的習俗，其中如彈首、刻臂、歃血等，這些都被當時的文人作家記錄而留存了下來，而這些古典文學作品的民俗資料，除了幫助我們在研究人類學、歷史學、社會學、文化學的過程提供了不少對當時社會民眾生活的深層瞭解外，就古典文學作品本身而言，它同時也反映了作者以民俗為題材所表達的心理觀念。所以王逸在《楚辭章句》〈九歌〉序中就說屈原寫作〈九歌〉是由於：

> 昔楚國南郢之邑，沅湘之間，其俗信鬼而好祠，其祠必作歌樂鼓舞以樂諸神，屈原放逐，竄伏其域，懷憂苦毒，愁思沸鬱，出見俗人祭俗祀之禮，歌舞之樂，其祠鄙陋，因作〈九歌〉之曲。

又如司馬遷在《史記》〈自序〉中也說：

二十而南游江淮，上會稽，探禹穴，闚九疑，浮於沅湘，北涉
汶泗，講業齊魯之都，觀孔子之遺風，鄉射鄒嶧，阨困鄱、薛
彭城，過梁楚以歸。

這些都說明了古代文人注重地方民俗，考察風俗的厚薄而作為其
寫作的題材資料，於是就前面各點看來，古典文學中的民俗現象和其
精神含義是值得我們去注意和更深一層地去探討，因為它有助於我們
在考察研究古代社會或文史時能更為清楚和確實！

結語

從前面的分析探討看來，在古典文學中很多是取材於民間文學
的，比如唐宋傳奇，都是屬於文學作品，可是有不少是從民間傳說中
找到它們的故事原型的，如關漢卿的《竇娥冤》的主要情節，也可說
多取自前代記載的《東海孝婦》而來。除外，在我們熟悉的詩文中也
可發現這種顯明的情形，如「春城無處不飛花，寒食東風御柳斜，日
暮漢宮傳蠟燭，輕煙散入五侯家」，在這首詩中表示了清明節前兩
日，寒食節人們要滅除舊火，禁火三天不能煮食，而作者在此表達出
了從皇宮傳遞火種的意見，於是其中所引人連想的就是享有特權的人
物，接著作者又借東漢時的「五侯」來暗指當時那些專政弄權的權臣
宦官們，詩意十分含蓄，其中無一句談到政事，只是假借寒食節的習
作，寫活了皇帝對寵臣權貴的特殊待遇，同樣的如辛棄疾的〈太常
引‧建康中秋夜為呂叔潛賦〉也是藉「指酒問姮娥，被白髮欺人奈
何」，抒發了恢復中原之志未酬，虛擲年華的愁思與不快，還有又像
郭茂倩在《樂府詩集》〈近代曲辭三〉中說：「〈竹枝〉本出巴渝，唐
貞元中，劉禹錫在沅湘，以俚歌鄙陋，乃依騷人」《九歌》作《竹

枝》新辭九章教里中兒歌之，由是盛於貞元、元和之流傳於民間的民俗故事，它所代表的應是屬某階層社會人們的心聲，倫常思想觀和生活實態，所以對為政者而言，它是一面鏡子，在研究者來說，它是最直接且珍貴的文獻參考資料了！

白話山水詩的美學書寫
──以童山《人文山水詩集》為例[*]

前言

　　本小論主要是探討中國傳統詩歌在文學發展的過程中，有關類型體式的演變，及內涵義蘊上之融攝與轉化，而有新體文學之產生，就山水文學這一範疇而言，其中或因當時社會現象而影響到一些士大夫們輕視世務，轉而寄情於山水，隱居山林，放浪江湖等，於是在這段時間便有所謂的「山水」詩派的形成。然白話在多樣體式的詩歌中，多有創發，發表了不少傑作，而本文主要在窺探白話山水詩在體式內容之變異、文字之構築，並兼論其中的美學書寫情形，至於白話山水詩之範式，則以童山的《人文山水詩集》為舉例探討的重心。

一　承繼與創新

　　在中國文學的發展過程中，詩歌這一型文類，可說是占有極重要的地位，若從詩史的立場衡之，詩歌發展應從《詩經》算起，從這個源頭的創發以後，詩歌的優良傳統便一直不斷地持續而從未間斷過。然而在發展的過程中，雖也產生了其他相關或衍生出與詩分割不了關

---

*　原載《儒學與語文學術研討會論文集》，臺北市立教育大學人文藝術學院儒學中心主辦，2008年12月，頁139-152。

係的詞、曲等方面的類型體式文類，但是就其內涵精神而仍保存著其有的血脈，於是由此我們可以了解到從《詩經》的興起到其對以後中國文學詩史的發展及影響上是有著不可忽視的重要性。

談到詩歌這類文學時，我們的確不能不提到「情」這個字。就人類心理學的立場而言，一般人都屬於最富有感情的動物，在平時人與人之間，或與萬物之間，可說都以感情或為彼此間的交誼與維繫，社會的組織，同時更由於人類有如此的豐富的情感的孕蓄，所以在某些時候為了要宣洩這股內在的情意，於是詩歌或藝術之類的作品也就因而產生。而這從感情到藝術作品的創造與表述，其中就蘊含了人類可貴的稟賦與智慧，然這過程由內裡到外表的發揮或媒介過程，其實最主要的是藉由詩、樂、舞等各種不同形式來表達，當然其展現的模式在起始之時應該都是從簡單到繁雜，或由庸俗到高雅，漸次地向上提升發展轉化。

在前面曾述及詩歌的發展與人類的生活有著不可分割的密切關係，關於這點，在此或許我們可從詩歌發展的情形來加以論說，比如在古代祭神的時候要唱詩，在朋友宴會或遠赴異地任職時要贈詩，再而又青年男女表示愛情時往往以詩歌來互相贈與[1]，其他又如在旅遊時由於睹物感懷，因而也要賦詩表達心中的感想等等，而這些不固定場所，不擇時而傾瀉表達內心的真摯作品，在傳統文學中，詩這一文類應是古代社會中最直接的一種宣洩感情的方式，當然不可否認的，它也是人們彼此間用來表達意見的最佳辭令。

至於傳統詩歌在寫作技巧的運用與表達方面，其對後代詩型的變化與創發上面均有極大的影響，例如古體詩、樂府詩、或近體詩等，這些後起的詩型格式都延續自前面的《詩經》的書寫方式轉化衍演發

---

1 王國瓔：《中國山水詩研究》（臺北：聯經出版事業公司，1986年），頁15。

展而來，然而其中最明顯的就是離不了詩教的精神，那就是興、觀、群、怨，表達社會的實際生活面相，其次是抒寫個人情懷，或象徵、或隱喻，或體物寫志等，類型十分豐富多彩。這些從早期的《詩經》體式而逐漸變到後來的各類詩式類型之演變，就文學發展的軌跡而言，是有其客觀之因素存在的，若概括性論的話，最主要的應該是環境，其次是文學本身，再而就是人們社會的需要，所以我們可以這樣說，一種文學的產生，應該離不開它的社會根源，而這當中又包括了政治、經濟、思想、教育、血統等因素。從《詩經》開始到以後的詩、詞、戲曲、小說、新詩等類體式的沿革與發展，同樣地都離不了這個根源或基礎。

二　詩式多元的自由風格

在前面曾敘及詩歌的發展及其對後來的變遷與影響，然而這些變化與影響，其實傳統詩歌的擴展及在朝向多元的途徑上而言是有其重要的關鍵性在，總括而言，中國文學的發展，詩歌這文類多以抒發感情，文學運用技巧或引發讀者對人生或自然的感物與興趣為主，再而我們知道詩歌在語言的運用上應該是屬於修辭表達及文學組織這個範圍方面，同時它也可說是一種高度精緻的藝術表現。然而在這個藝術表現的範疇中，詩體本身的變化，內涵的隱含及思想的展現等都可說是其中的根本精神。

我們知道中國早期的文學，多以實用為主，並且往往和政教混為一談，而至於純文學，在中國古代只有詩、詞、歌、賦，可是這些類型的文體基本上多屬於以文字雕飾、偏重藻飾，故而常被視為是一種雕蟲小技，壯夫不為的閒適文學。詩、詞、歌、賦等純文學作品在當

時雖被文人批評為雕蟲小技之學[2]，說實在的若站在文學藝術的立場
來看，這是不公平的，純文學應該有它的生命，也有它的文學藝術價
值存在。比如魏晉南北朝時期，雖然是一個紛亂的時代，但是作家們
將其思想觀念表之於詩文之中，展現出獨有的精神風格，不論是感染
於佛教而有出世的觀念，或樂於沉浸於自然境界而或有隱遁的思想，
然而這些文學觀或精神都大部分融化到彼等的詩歌作品之中，呈現出
另一種脫俗的詩型風格，而這種以自然，或隱逸作為詩心的精神特色
或內容體材，其實它對後代詩歌在類型的轉化及發展上是有著不可切
割的直接關係。例如湛方生的〈帆入南湖〉：

> 彭蠡紀三江，廬岳主眾阜，白沙淨川路，青松蔚巖首。
> 此水何時流，此山何時有，人道互推遷，茲器獨長久，
> 悠悠宇宙中，古今迭先後。[3]

作者以最明白的詞語，表達了心中的感觸，寫出了寬廣的山水景物，
但是它的體式表達是遼闊自由，流動的山與水，白沙與青松，人運與
宇宙，一首詩中包含了自然與人間的關係，這可說脫離了僵化格式，
其次在文學組織上也已突破過去在那種嚴肅規律下的表達方式，這種
自由的寫作技巧，應該可說已開啟後來詩歌自由的端倪。在此筆者所
說的自由式文字的表達，當然含括了所謂的「陳言務去」、「辭令己
出」這兩個基礎概念，而這也就如同當時公安派的主張，重視個性和
獨創，不妄學古人，其次是言必有其情，心靈的寫照，同時認為文學
的價值，是產生於不斷的變遷，與不息的創造之中，這些概念當然也

2　揚雄：「雕蟲小技，壯夫之所不為也」。

3　（晉）湛方生（四世紀後半期），是（晉）庾闡之外另一位比較多量寫山水詩的古
　代詩人。

成了後來白話文學發展的基礎了。從這理念的開啟，於是我們可以瞭解到當時傳統文學的發展，在某些作家的看法上是必須變革與創新的，在這樣的情形下才能產生出一股新穎的文藝精神或氣象，然而從文學的流變而往後的詩格、內容及題材的革新變化，這在詩歌文學史的沿革與創發上，尤其是在發展過程中則免不了要受到一些衛道文人的抗拒或反彈，例如錢謙益就曾指責說：

> 機鋒側出，矯枉過正，於是狂瞽相扇，鄙俚交行，雅故滅裂，風華掃地。

又如朱彝尊也說：

> 倡淺率之調，以為浮響，造不根之句，以為奇突。

從以上錢、宋兩位詩人的批評文字中，便可見反對新體文學的發展聲浪可說不小，其實真情的宣洩與傾述，倘若以古舊的一些死文字是無法表達人類內心情感的律動性的，這點不論從那一角度來看都應該是不辯的事實，除外新學的興發，在魏晉或宋代時期的文人對漢儒在名教僵硬的觀念方面應該也是引起反抗的另一主因。[4]

其次由於受到外來佛教思想的入侵與本土宗教的混合現象，於是單純的儒教文化漸漸地產生了根本的變化，隨之作家文人也開始選擇解放自由的方式作為自己創作的途徑，然在這樣不可避免的趨勢下，文學作品的類型自然就呈現多元的風貌了。再而還有一點必須強調的

---

4 葉維廉：〈中國古典和英美詩中山水美感意識的演變〉，《飲之太和：葉維廉文學論文二集》（臺北：時報文化出版企業公司，1980年）。

是，在當時這些外來的因素不論是正面或反面，其實它對一位創作者來說，尤其在個人的思想觀念上是極容易產生轉移或遷變現象的，而這種現象在歷代作家的文學作品中都可以明顯地考察出來，故而在此我們可以清楚地說出社會環境對一位作者在心理及精神上的無形影響是至為重大的。由於這種心理的潛存變化，在其個人的作品內涵上也產生了不同層次的意識色彩，然而類似這樣的文學作品，如果概括性來看，則要以詩歌這一文類的表現最為突出。例如從《詩經》到漢代的樂府，從民間的歌謠到戲曲的出現，在作品的題材內容方面都離不了社會及生民的生活寫照，當然這應該就是文學的功能及作家的責任，把時代的歷史縮影直敘紀錄下來，作為社會變遷過程的真相實證，而歷代可以代表這真相實證最直接的文字檔案，其實還是詩歌的書寫，比如杜甫在其時代所感受到及其以寫實的表達手法寫出了社會的腐朽、民生凋敝真實現狀，就是一個明顯的例子。

詩人透視宇宙，觀察萬物，表達最為透闢寬廣的，若以中國文學史的情形來考察，或許要以魏晉時期的詩人作品類型及表達方式為最多樣；而以這種自由體式的方法寫作，以山水田園為抒發個人心靈感悟者，我們一般均稱之為「山水詩」，關於這類詩體，對其內容如果詳細加以比較分析的話，則不免會發現，當中有一些不一定是純寫山水，也就是說可能有其他的輔助母題的存在情形。[5]

然在一般上來說，只要談到山水詩這個範疇時，則無不以謝靈運、謝朓或王維的作品作為探討的對象，至於山水詩的產生方面，依據王國瓔的統計，對於主題的詮釋各家說法並不一致，雖然如此，但在此我們必須注意到一點，那就是中國古人向來對於自然山水是十分敬仰，甚至達到一種崇拜的地步，於是有所謂山神河伯、樂山樂水的

5　王國瓔：《中國山水詩研究》，〈緒言〉。

觀念的產生。不過這雖像是一個人們對自然接近或敬仰的一種心理意識，但是它在人文思想的影響卻極為廣泛和深遠。關於這點我們可以在以後的詩歌中找到不少的佐證，比如《詩經》中的：

> 泰山巖巖，魯邦所詹。〈魯頌·閟宮〉
> 崧高維嶽，駿極於天。〈大雅·崧高〉

或者像〈陳風·衡門〉中的：

> 淇水悠悠，檜楫松舟。
> 駕言出遊，以寫我憂。

就前面所列舉的例子看來，前者雖然在描寫泰山的雄偉，但已對山嶽的崇高，河水的威猛湍急作描繪，這些自然景物由詩人的崇敬而產生崇拜的心理，最後以詩歌來加以頌讚。至於第二的例句，同樣的也是繪寫山水及松舟景物，但其內容氛圍已大有改變，它隱括出遊以寫憂的精神在裡面，同時它也已初具後世文人登山臨水，藉遨遊以遣懷的現代詩基礎模式了。

三　現代白話山水詩的美學新貌

從傳統詩歌的類型變革以及到後來的衍化發展，以山水詩這個範疇來看，其對後代文學的影響，的確有著密切的關係；然而就其中最主要的，除了科技發達的現代社會，人們在精神和心理上大部分都受到了周邊不一的擠壓或刺激，無形中人與自然生態發生了失衡的現象，一些有心人士便重新思考人與自然之間和諧的重要性，然處理這

種和諧的方式，雖然方式很多，但站在文學的立場而言，詩歌文學應該是最淨化美學與柔性的引導宣洩方式之一。所以關於這點筆者擬以童山先生最近出版的《人文山水詩集》作為舉例及探討的重心。

在今天白話流行的時代，山水詩這一類的作品仍依循前人的腳步延續發展，而這些白話詩作品中，我們也發現了詩人們在創作上選辭用語，文字修辭，內容蘊含等有頗多特殊的表達技巧，比如徐志摩的〈再別康橋〉或〈翡冷翠的一夜〉等，由詩作中我們可以知道康橋和翡冷翠等地方的文化景物，這不僅隱念了詩情之美，更蘊涵了詩境的無限深廣空間，一種詩意美感自然呈現於字裡行間了。

至於談到詩人童山的《人文山水詩集》，集中所收錄的詩作分為七卷，共一百四十五首，最早的詩作是寫於一九九四年，而最晚的是寫於二〇〇四年，前後作者花了將近十一年的時間，詩集由「萬卷樓圖書公司」印行，二〇〇五年七月面世。

這是一本以山水為主題書寫的白話詩集，在此我們透過文本解析及作品內容表達技巧作比較詮釋，再加上量化分析統計，進行考察，詩體中的白話山水詩的美感藝術特色，同時也擬探析作者寫作時的背景意境思想，從這些理解中瞭解當今臺灣白話詩作品中，有關山水旅遊書寫的表達技巧上的文字構築美及其文字價值。

童山《人文山水詩集》是作者第三部詩集，本詩集的內容偏於以旅遊山水為主，共分七卷：「童詩卷」六首；「生活卷」五十八首；「旅遊卷」分為：東歐之旅花束：十五首、北海道之旅花絮：十首、雲貴之詩箋：十七首、福州之旅詩頁：十二首、美國旅遊詩箋：三十二首。

從以上所列，可以瞭解詩集中各卷的詩作數目，也可以知道作者旅遊的地點，其中「生活卷」的篇數最多，有五十八首，其次是美國旅遊詩，有三十二首。童山先生旅遊山水詩的寫作極為廣泛，除臺灣

平日生活點滴外，作者還到國外，東歐、日本、大陸及美國等地觀覽抒情的詩篇，再而就是其中部分詩篇是屬於組詩，如：〈明潭記事〉、〈麗江三城〉、〈旅美見聞〉等。在每篇作品的末了都記有寫作的時間，這些給研究者考證時對作者的寫作時間紀錄方便參考。

四　詩集中有關山水旅遊詩之考察與分析

詩歌是一種最凝練的語言藝術，這樣凝練的鑄詞詩語，若從詩意內容來看，其實多數是集中在反映生活，或抒情言志，或描述山川名勝等主題為主，雖然如此，而這類詩歌文體，它也頗講究詩境上的美感，或韻律節奏，平時每每在閱讀這樣的詩作時，往往給人的就如同身在畫境般的快適與怡然！當然無可諱言的，其中最重要的還是以抒情思想感情為主，這種濃烈的感染力牽引了閱讀者的心情起伏，甚至是內心的無名共感，所以詩歌的美感動力，可以說是無限的，以下擬想從幾個方面來探析童山在詩集中所呈現的寫作技巧與特色：

（一）詩情藝術之美

在詩集中，詩人的旅遊蹤跡相當的廣，不僅在國內，也包括了國外，見聞廣博，感受亦深，且靈思便捷，擒詞造語都呈現自己的風格特色，例如〈山中〉一詩：

午後，群山展現原始的輪廓，

一輪比一輪淡化，

接上藍天的顏色，

我跋涉過黃土山坡，

　　山風迎面撲來，

　　不改千年的粗獷荒漠。

　　山是無言，

　　原始是與生俱來的特色。

　　赫赫黃土，堅硬的性格，

　　蘆荻根連，是堅韌的展現。

　　綠草、白雲、藍天，

　　構成大自然蓬勃的色澤，

　　孕育出千千萬萬的生命力。

　　在群山中，整個下午，

　　我傾聽山風訴說大地的來歷。[6]

　　全詩中作者採用了優美的文字韻律，在第一段，第一行的
「廓」，第三行「色」，第四行「坡」及第六行的「漠」，在第二段第
二行的「色」，第三行「格」及第六行的「澤」，由於作者細心採用
韻語作為行末的結語，所以讀起來，全詩音樂性自然雋永，其次是詩
意的捕捉，詩題是「山中」，但作者並非直描山景而是在細述山的性
格及其在大自然中構成的蓬勃變化的面貌，以及在那與生俱來的赫赫
堅硬本色，尤其用了「赫赫」兩字，更隱含了「山」的原貌個性，至
於「山」的原始來歷是什麼？全部留在山風去訴說，這樣也更顯出了
自然界的神奇奧秘。

　　其次又如〈風中的詩〉：

6　邱燮友：《童山人文山水詩集》（臺北：萬卷樓圖書公司，2005年），頁64。

你從風中來，

吹落一片葉子。

我想將詩句寫在葉上：

「告訴你，春寒季節，

葉上的網絡，刻著相思。

由青而黃，由黃而褐，

紀錄四季的風采和事蹟。」

風中的一葉，讀著風中的詩，

隨風傳來暖意襲上心頭。

沒有距離，也沒有時空的對位，

只有日夜思念，薰染一首詩，

就如一襲東風，一往情深，

宣染一川煙樹，一樹桃紅。[7]

全詩有著濃郁的詩情，從吹落的一片葉子，宣染出無限的相思，尤其是那輕淺的文字中穿引著春寒料峭孤寂的愛思，只要稍稍牽動，便毫無保存地赤裸托出，從「葉上的網絡／刻著思念」可見一斑！這種的詩情表達手法，詩人對愛情的誠摯，以及那種「一往情深」、「一樹桃紅」的真情流露，及興奮天真在內心交織輝映，無不起伏躍動著熱情與戀意！

（二）意境營造與融情於景

寫詩不能不注意到意境，然而什麼是意境？對此王國維有這樣的看法，他認為一首好詩必有「境界」，在《人間詞話》中說，喜怒哀

7　邱燮友：《童山人文山水詩集》，頁39。

樂，亦人心中之一境界，所以能寫真景物，真感情者謂之有境界，否
則謂之無境界，在這段文字中，他清楚地對意境這個內涵做了釐清，
那就是詩同時具有真感情和真景物才能產生境界，換句話說，意境就
是情景交融而產生的一種所謂深層的意蘊和韻味，當然在這樣的意境
中，作者往往是將感情直接融入於景物當中的，在童山的詩集中，我
們發現有不少是隱含高度意境及融情於景的精采詩篇，如〈望夫石〉：

> 也許負荷太重，
> 關愛和思念太多，
> 懷念如鋼，步履如石，
> 當我登上山頂，離情如海風，
> 撕裂白雲，淚染白雲而紅，
> 我枯立在歲月中，苦苦等待，
> 紅了桃花，白了梨花，黃了木芙蓉，
> 飄零的日子，如花瓣，如霜，如雪。
>
> 我不會向歲月低頭，只等你歸來，
> 不要遠行，我怎能放心，
> 擔心你，一路風雲詭譎。
> ……。[8]

在詩中將自己融入景中，並且藉著敘說「望夫石」的傳說故事，詩意
淒美，讀後讓人有一種在漫長歲月中枯等夫婿歸來的期盼。再而詩中
又穿插了戲劇性的表達，如「當年送你，手牽大寶，背負小如，……」

---

8 邱燮友：《童山人文山水詩集》，頁47。

等，更是將人間的離情別緒綴織其間。詩人將思想感情濃縮到「望夫石」的景象中，情景交融，我們從畫面形象中也可觸碰到作者內心的誠摯感情。

又如〈老樟樹〉：

> 有過繁華的歲月，
> 也有過蕭瑟。
> 千年萬年來，
> 屹立東海島上，
> 傾聽中央山脈的脈動，
> 颱風的吞吐，海潮的呼吸。
>
> 流金歲月，我是大地的老者，
> 皺紋千條萬款，
> 深深記錄著烽火和災難。
> ……。[9]

在文學藝術中，主觀的情意和客觀的境象，這些都是文學藝術創作者的創作材料，當然也可以說是藝術文本中最基本的成分及要素，我們考察童山以上的詩例，發現除了作者把感情融注到景中的物象外，並且也賦予它一種活潑的精神，這種表達技巧，它已經突破了傳統詩式的格律限制，而把物境、情境、意境互相融會，達到了寓情於景中的最高境地！

9　邱燮友：《童山人文山水詩集》，頁52。

（三）語言的構築與詩性的營造

在讀詩時，我們常常會被詩中的某些優美的詩語所吸引，進而感佩作者在鑄詞造語上的才思靈慧。其實詩的語言在一位創作者來說，它除了發自個人的誠摯外，還有那來自感情的狀態和律動所形成的內在韻律，將這樣詩緒表達於詩語上，而這也就是我們平時所謂的詩的語言音樂之美了。在此試舉詩人，洛夫〈隨雨聲入山而不見雨〉詩中的一節：

下山
仍不見雨
三粒苦松子
沿著路標一直滾到我的腳前
伸手抓起
竟是一把鳥聲。

這是一首寫遊山聽雨的白話詩，從詩句上可以看出來，是經詩人精心構築的，文字淺白，詩的意境卻玄深空靈，「苦松子」變為「鳥聲」，其中有一銜接的媒介，那就是松林，由於有松林，所以「鳥聲」就自然存在，可見詩人的聯想是合理的，然而其中留存的空白部份，則由讀者自己去想像，這樣也就可以產生作者與讀者之間的審美互動空間了。

接下來讓我們來欣賞童山在《人文山水詩集》中的詞語特色以及詩情意境之營造技巧手法的處理，詩人善於捕捉詩境，喜歡以韻語入詩，構辭優雅，詩情玄遠，通讀詩集後約略分別以數量式詩語、四字句式詩語、類疊式詩語，來察詩人的詩風及構詞造語特色。

1 數量式詩語

詩語	篇名
彎弓射落一串串火球（第4行） 一朵朵金色的花蕊（第8行） 一朵朵忠心不二（第13行）	〈太陽花〉
一襲襲夜風忙著傳送（第13行）	〈夜話〉
一顆顆都是珍貴的（第5行）	〈短歌〉
一條條經脈，盤根錯結是古松的根 （第5行） 一層層山石，縱橫雕刻是歲月的落痕 （第6行）	〈峭壁傲骨〉
為你寫一首首詩（第5行） 象徵一座座山岳屹立（第6行） 象徵一條條流動的河（第8行）	〈絃樂四重奏〉
一尊尊全身挺立夢中（第4行）	〈敦煌沙暴〉
直把一雙雙大腳染黃（第11行）	〈登黃陵〉
一絲絲，一絲絲糝上（第3行）	〈臺灣北二高路上〉（一）
一聲聲鐘響，敲響每個元智人的心 （第13行）	〈元智校園即景〉
一層層的粉白，一層層地覆蓋 （第2行）	〈薩爾斯堡四時歌〉之四〈冬歌〉
畫出一陣陣歡笑（第21行）	〈聖沃夫岡湖上〉
一個個痀僂羸弱的身軀倒下 （第6行）	〈黑死病紀念碑〉
剪出一條條藍色的腳印（第33行）	〈歸程聯想〉
像海潮一波波打上心頭（第3行） 一串串斗狀的花序（第7行）	〈白鳥湖在霧中〉

詩語	篇名
蒼山稜線一座座相疊（第21行）	〈大理三塔采風錄〉
一座座分離不相連（第6行）	〈來到貴陽〉
一個個是青色的饅頭山（第13行） 一個個也是心頭的乳房（第14行）	〈娃娃谷〉
一件件穿著品味不同（第6行）	〈山水站〉
一雙雙鞋子（第1行） 一艘艘升火待發的船（第4行）	〈鞋子〉

2 四字句式詩語

詩語	篇名
一季花蜜（第14行）	〈蝴蝶谷之戀〉
一把玉笛（第7行）	〈敦煌玉琵琶〉
一對翠鳥（第9行）	〈一幅畫面〉
一彎銀鉤（第3行）	〈夜話〉
一往情深（第12行） 一樹桃紅（第13行）	〈風中的詩〉
一撮枯草（第13行） 一朵小花（第18行）	〈敦煌沙暴〉
一把洋傘（第7行） 一片春雨（第12行）	〈窗外〉
一輪臉龐（第5行） 一輪明月（第9行）	〈七號公園〉
一夜風情（秋歌——第4行） 一股暗香（冬歌——第1行）	〈子夜四時歌〉

3　類疊式詩語

詩語	篇名
炎黃子孫，願<u>世世代代</u>（第14行）	〈登黃陵〉
<u>英英朵朵</u>，打在記憶裡（第2行）	〈江南〉
培育<u>世世代代</u>的子孫（第4行）	〈武夷山大學十四行〉
<u>千千萬萬</u>的誓言向你傾訴（第14行）	〈太陽花〉
在<u>山山水水</u>的身影中（第11行）	〈武夷山的聯想〉
塗染奧地利湖泊的<u>山山水水</u> （第9行） <u>叢叢疊疊</u>的森林（第12行）	〈聖沃夫大岡湖上〉
量販店的書<u>林林總總</u>（第1行）	〈量販店暢銷書〉
<u>重重疊疊</u>的窗子（第4行）	〈一口井、一畝田〉
<u>門門戶戶</u>都枕在河渠上（第10行）	〈江南〉
那廊簷下<u>長長寬寬</u>的板橙和桌子 （第10行）	〈四度空間的返鄉曲〉

　　就前面的列舉之外，其他像疊詞型式的詞語結構，發現也是詩人喜歡運用的，如：盈盈、滾滾、冉冉、藍藍、喃喃、蕭蕭、淡淡、亭亭、緊緊、朵朵、處處、深深、悠悠、青青、紛紛、長長、蓬蓬、習習等，由於詩人的構詞用語多偏在韻語這個範疇裡，因而當我們在賞讀其詩作時，無不覺得有一種溫婉的詩情貫穿其間，其實語言的音樂美，在一首詩的成分上是佔有極重要的地位和比例的。然而這種構詞的風格習慣或特色，很明顯地可以看出來，它是深受我國傳統詩詞的影響，詩句的音節、佈局、舒徐有致。在另一本《童山詩集》（臺北：三民書局，1974年）的詩風也頗類似以上的列舉者，其中如〈小小的農家〉一詩：

這是一個小小的，小小的農家，

小小的茅屋繞著小小的籬笆，

家家戶戶過著快樂的日子，

種田的種田，紡紗的紡紗。

那兒的風光比得上它？

嫋嫋的炊煙，淡淡的晚霞。

春天，門前開著的，是桃李、花香，

秋天，落在窗前的，是星星和月亮。

在這裡，鳥雀站在牛背上談天，

在這裡，落葉和流水互傳著情話。[10]

詩中的造語平實優美，這恬靜的意象來自詩人的美學構思組合而成，寫出了農家鄉村生活的平和不爭世界，它像極了一幅圖畫。關於詩的語言，意境藝術美的這個範疇看法，我們或許要提到民國初年的詩人聞一多，他是最早提出並強調的繪畫美的，在《詩的格律》（見聞一多〈詩論〉一文）就提出了新詩要有「音樂的美」、「繪畫的美」和「建築的美」的主張。而在這裡我們也發現童山的詩作在文字的構築以及詩情的補捉與營造也頗多類似聞一多先生的主張的地方。其實就客觀而言，中國文學作品中，不應當忽略視覺藝術之美，因為我們的文章是象形的，再而平常當我們在觀看東西時都是用眼睛來傳達的，從以上這兩點，我們便可理解到詩文學的繪畫性在視覺之美中是有多麼的重要！倘若一首詩在連貫上除了韻律、節奏感外，也能注意到其中的繪畫組織美的話，那一定是令人讀後更感快舒！

---

10 邱燮友：《童山詩集》（臺北：三民書局，1974年），頁83。

五 由激活到張開想像之翼

　　想像在文學創作是相當重要的，不論小說家或詩人乃至於繪畫創作者，都必須要有這種慧根，所以狄德羅在《論戲劇藝術》中就提及「想像這一種特質，沒有了它，一個人既不能成為詩人，也不能成為哲學家」，再而我國文學評論家劉勰也說：「神用象通，情變所孕，物以貌求，心以理應」[11]，在這裡劉勰提到了感情對想像的激發作用，由感性和知性的相融合而昇華的想像，這在創作者的藝術思維中就是在形象捕捉，鎔鑄相互結合在一起的。童山在《山水人文詩集》中不少作品是具備以上所提到的所謂想像之美的特點。

（一）山、海：藍色的美學

　　在人文山水相關的文學作品，就主題的描繪及構思過程而言，一般要追求意境的營造，把思想感情濃縮到有限的畫面中，達到情景交融，讓人再閱讀作品後也自然能被那山那海的神奇世界所牽引。然在童山《人文山水詩集》中，詩人自由地讓詩神繆思遨遊於千山萬水之間，例如：

　　　　這時青山蔥翠如玉鍾，
　　　　與山澗的春泉流玉，秋水橫波，
　　　　構成無盡思維的延伸，
　　　　是一尊愛的寫生，永恆的雕像。[12]

11　（南朝梁）劉勰：《文心雕龍》〈神思篇〉。
12　邱燮友：《童山人文山水詩集》，頁21。

又：

> 千山萬壑有野鳥啼鳴，
>
> 萬壑千山有金箭光影，
>
> 梅花、桃花、櫻花、杜鵑，
>
> 燦笑山崖水湄，
>
> 那魯娃，你在那裡？
>
> 擁抱你，就如同擁抱春天，
>
> 太魯閣之春，是萬馬奔騰的飛石，
>
> 太魯閣之花，是山中傳誦不絕的傳奇。[13]

在讀童山的詩時，除了前面所談到的用語鑄詞及詩境的營造中，隱含了無限的美學特色外，同時從他的詩作品中也會感受到，作者在詩中的山海意識是他描繪自然時的一種不可分割的肌理，他與山海花樹、自然景物，這些都移入到詩中，而成了詩中的極重要的位置、或對話的對象。

他以抒情的手法表達了對熱愛自然的律動，不論是感情，或語言的注入都那麼深沉濃郁和誠懇，當然在詩行之間也浮現著一種教人感到深邃的藍調色彩！

（二）生命、故土：純美的相連

對生命的體會，詩人的理解或許是敏感的，然而它的成長秩序及過程，其與環境的影響始終是密切分不開的，當中所發生的點滴、感觸，在詩語的描述書寫上，無不也融化了一種是甜是苦，甚而是五味

---

13 邱燮友：《童山人文山水詩集》，頁59。

混雜不清的哲學生命課題。詩人的靈思觸機呈現了生命與故土的連結，點滴詞語中交織著濃厚純美的色澤。例如：

> 那天下午，你飄然的來，
> 彷彿回到童年，
> 在花樹下點燃一盞心燈，
> 宛如元宵燈節，火樹銀花，
> 迸射出千朵蝴蝶。
>
> 雪與火，冰與熱，
> 幾度迷惘於海外黃昏，
> 在海濱花園，沒有與你共渡。
> 如今，燃燒的歲月中，
> 似真似夢，進入夏的幻境，
> 迎來的是千梨銀花，萬朵飛蝶。[14]

又：

> 彷彿推開封閉半世紀的家門，
> 隱約間有個童年的我，
> 在長廊迎接漂泊的我歸來，
> 像封閉的純釀，打開覆瓿，
> 溢出沉醉已久童年夢香。[15]

---

14 邱燮友：《童山人文山水詩集》，頁42。
15 邱燮友：《童山人文山水詩集》，頁204。

前一首詩表達了對愛的躍動，那樣的純情來自待人的豐美想像，一種
活潑熾熱的愛如此無限制地燃燒，在渴望中最後迎來的不是什麼？——
人生、命運總是如此教人感到莫測。

　　至於家鄉，在詩人的印象中是一則永存的記憶，那長長寬寬的板
凳和桌子，堂前的小天井、稻殼、圓芋、番薯和菜蔬等，這些都那麼
的熟悉。多年漂泊在外的他——歸來了。那鄉情故土，觸景生情，的
確讓詩人——如同被打開的純釀酒香醉倒了。如此純美之情，在詩境
中織串成晶瑩相連的詩情之美。

結語

　　在傳統詩歌的寫作體式及內容不斷發展，由於古體詩、樂府詩或
近體詩，而到白話詩的轉變，其中不論是傳統詩類，或現在白話詩類
都各有傑出的詩家，寫出了優美的作品，就旅遊山水詩這一範疇中，
我們發現了不少詩品的內容體材，風格特色，或精神氣象等都相當優
秀，對我國詩文學園地可謂增添了不少燦爛的彩繪，然而在此，我們
發現童山先生白話詩的書寫技巧與傳統詩類的表達體式頗有交會的地
方，再而童山先生的措詞造語，詩篇構築，以及音樂、繪畫美感等也
隱含了傳統詩歌的色彩，然就整體而言，童山先生的白話詩寫作擅長
捕捉詩境及想像的擬設，常能將景物活潑化，或擬人化，將感性和知
性相互融合而把詩情昇華到最高境界。若從美學詩觀的角度來看，童
山先生白話山水詩的書寫與建構，它頗有傳統山水詩表達的精神特
色，亦能融會傳統詩語，表達了韻律之美，其中尤獨一提者是在作者
營造了音樂與繪畫、視覺等的綜合性詩觀藝術美學。

論文章結構與表達技巧[*]

前言

　　本論主要是研究文章結構及其表達技巧，最主要的不外是擬想探討與論析文學作品的組織結構，也就是說如何寫好一篇文學作品，然而在寫作過程中如何構思與布局，心理上的思考與發展，其中字義、詞義及句義各方面的修辭技巧之注意與掌握，其次一篇成功的作品，除了以上所敘及的寫作技巧外，更應注重結構、內涵及寓意之完美，如此方能顯示出其文意之高妙與超脫；一篇文章的寫作，若能求思想之充實、情感之真摯、結構、文字之圓妥，就一般情形而言已臻完善之境，故而綜觀自古以來各名篇傑作，無不具備以上的各項內涵與精神！本小論大致本此一重心探討、比較與分析，並舉例詮證，以期漢語文教育更為具體與充實！

一　縝密的構思

　　在還沒有談到本文內容以前，首先讓我們來瞭解一下什麼是文章？就一般意義上而言，所謂文章它是反映客觀事物而組成的一種書面語言，而這種口言內容它是多面且複雜的，也就是說它必須經過人的系統思維和組織之後而表達出來的。當然這是簡略地對「文章」是

[*]　原載於中華章法學會編：《章法論叢・第六輯》（臺北：萬卷樓圖書公司，2012年），頁211-226，發表於北京首屆國際漢語文教育研討會，1997年10月20-26日。

什麼？所作的一個簡單解釋，如果我們從我國古代文學理論的觀點或內涵上來詮釋「文章」的話，或許我們就要從最早的文學作品《詩經》來探討其精神意義了。例如：〈詩經‧大雅蕩序〉中就說：「厲王無道，天下蕩蕩，無綱紀文章」，這裡的「無綱紀文章」是謂無治國法度，也就是所謂的禮樂法度。再而我們又發現在《楚辭‧九章‧橘頌》中也有這樣的一段文字云：「青黃雜糅，文章爛兮」，而在這裡的「文章」所指的是物體的斑爛花紋，進而引申為文采。再而在《論語》孔子也提到「言之無文，行而不遠」以及「文質彬彬，然後君子」，在這裡清楚地表示出了文采的意義了。由此我們可以瞭解到「文章」一辭，在最早乃指禮樂法度，而後再引申為文采，即然是「文采」，那當然是指已經過思維或組織完成篇章書面語言，而這種書面語言，它雖然是在表達某語意，而它可能是偏於質樸的，就如同古代的甲骨文或金文等，相對的也有偏於華麗的，例如《詩經》或《楚辭》等，當一種書面語言發展到後代，由於生活的變遷與需要，社會思想的提升進步，語言形態自然多樣繁富，故而文章的表述形式便朝向多元，其所表達之技巧也有了高低之別！

　　然而在學校教學的課程上來說，對文章寫作指導及研究方面是極為重要的，平時要介紹同學們如何去寫好一篇文章，而在寫作上普通要經過那些步驟與層次，材料的搜集及組織構思等等，這對一位搜索枯腸的初學寫作者而言，或許就有相當程度上的啟發與助益了！我們知道摯虞曾經在《文章流別》中說：「文章者，所以宜上下之象，明倫之敘，窮理盡性，以究萬物者也」；還有劉勰在《文心雕龍》中也說：「文章之用，實經典枝條，五禮資之以成，六典因之以致用，君臣所以炳煥，軍國所以昭明，詳其本源，莫非經典」[1]，由以上所引

1　（南朝梁）劉勰：《文心雕龍》，〈序志〉。

的文字內容看來，便可以瞭解到文章除了是一種書面文字之外，最主要是在宣上下之象，瞭解人倫之敘，其次是窮理盡性，宣玄鬱之幽思，再而是探究天下萬物之神妙，故而於此作者所表達及綴裁而成的文章之重要性就可見一番了。

其實談到文章的寫作除了以上所敘的，它不僅僅是文字上的綴織，而更重要的是在思想意義及內涵精神的表達，然在這表達的過程中，它是須要有眉目清楚，層次分明及深層的寓意，其次就安排文章的層次來說，或許有的可以從提出問題，分析或解決問題的基本過程來考量，或有的可以按照空間或場景的轉換來處理，或有的可以資料的性質之不同來思考布局，或者甚至更有由作者的認知及感情的深淺變化來構思等等，當然一篇文章的完成任由作者個人的縝密的思考、布局、謹嚴安排之後，將它寫成一篇文字，這樣才能讓讀者清楚地瞭解到作者心中所要說的話，或所想的到底是什麼？

二 真情的表達

我們知道寫文章最大的目的是要把個人的想法觀念表達出來，以期能讓讀者清楚地瞭解到作者的心中意念，要表達個人的見解想法則須要明暢簡鍊的文字，誠摯的情感來說動對方，讓讀者因而產生共鳴，或因此認同支持及肯定你的看法，而在這裡就要考慮到情感的真與偽的不同了，所以顧炎武在《日知錄》中有云：

> 末世人情彌巧，文而不愨，固有朝賦采薇之篇，而夕有捧檄之喜者，苟以其言取之，則車載魯連，斗量王蠋矣。曰：是不然，世有知言者出焉，則其人之真偽，即以其言辨之，而卒不能逃也，黍離之大夫，始而搖搖，中而如醉，既而如噎，無可

奈何而付之蒼天者，真也。汨羅之宗臣，言之重，辭之複，心煩意亂，而其詞不能以次者，真也。栗里之徵士，淡然若忘於世，而感憤之懷，有時不能自止，而微見其情者，真也，其汲汲於自表暴而為言者，偽也。[2]

從這段引文中，我們便可以明白什麼是真，又什麼是偽？寫文章原本是為表情達意，但所謂情與意要真情和真意，寫作離開了真實，文章的美質也就消失不在了！所以文章是最忌偽情，而偽情的結果將是矯揉造作，偽冒風雅，例如：沈三白在《浮生六記》「坎坷記愁」一章中記載其妻子生病的情形，云：

……自此相安度歲，至元宵，僅隔兩旬，而芸漸能起步，是夜觀燈於打麥場中，精神態度，漸可復元，余心乃安……

沈三白寫其妻陳芸之病情十分入微，毫無虛假，完全出自作者的關心及真情，所以感人就自然至深了！

又如，陶淵明所寫的〈歸去來辭〉一文，其中云：

歸去來兮，田園將蕪胡不歸，既自以心為形役，奚惆悵而獨悲，悟已往之不諫，知來者之可追，實迷途其未遠，覺今是而昨非，舟遙遙以輕颺，風飄飄而吹衣，問征夫以前路，恨晨光之熹微，乃瞻衡宇，載欣載奔，僮僕歡迎，稚子候門，三徑就荒，松菊猶存，攜幼入室，有酒盈罇，引壺觴以自酌，眄庭柯以怡顏，倚南窗以寄傲，審容膝之易安，園日涉以成趣，門雖

---

2 （清）顧炎武：《日知錄》，「文辭欺人」條。

> 設而常關，策扶老以流憩，時矯首而遐觀，雲無心以出岫，鳥
> 倦飛而知還。

我們在讀這段文字時，作者他那不甘為五斗米折腰，無忮求，無悔恨之心意無不叫人感動，而這股力量自然是出自於作者感情的真誠的結果，故歐陽文忠公說：「晉無文章，惟陶淵明歸去來辭而已」，除外李格非也說：「歸去來辭，沛然如肺腑中流出，殊不見有斧鑿痕」的原因就在此了！

其次，又如今人林覺民的〈與妻訣別書〉一文也然，其中有云：

> 吾至愛汝，即此愛汝一念，使吾勇於就死也，吾自遇汝以來，
> 常願天下有情人都成眷屬，然遍地腥羶，滿街狼犬，稱心快
> 意，幾家能夠？語云：「仁者老吾老以及人之老，幼吾幼以及
> 人之幼」，吾充吾愛汝之心助天下人愛其所愛，所以敢先汝而
> 死，不顧汝也，汝體吾此心，於啼泣之餘，亦以天下人為念，
> 當亦樂犧吾身與汝身之福利，為天下人謀永福也，汝其勿悲！

此段文字為作者在赴義前所寫的一封信，主要是跟他夫人陳意映女士訣別，勸請夫人體念他愛國愛民的心意，不要過分悲傷，並教養子女，將來能繼承其志向等，文章自始至終，文字樸實，感情真誠，所以能教人讀後感動至深！

由此我們可以說，至人皆蘊真情，要有真情而後才會有至文，這並非矯飾虛假可以達到的，於此我們例舉鄭板橋的〈寄弟墨〉一文來看看，其文云：

> 郝家莊有墓田一塊，價十二兩，先君曾欲買置，因有無主孤墳

> 一座，必須刨去，先君曰：「嗟乎！豈有掘人之塚，以自立其
> 塚者乎？」遂去之，但吾家不買，必有他人買者，此塚仍不
> 保，吾意欲致書郝表弟，問此地下落，若未售，則封去十二
> 金，買以葬吾夫婦，即留此孤墳為牛眠一伴，刻石示子孫，永
> 永不廢，豈非先君忠厚之義而又深之乎？

此段文字在初讀之下，給人的確有所謂老吾老以及人之老的那種心懷，不失為善心，倘若略加深讀之，則在字裡行間不免浮現一種教人覺得作者在感情上似乎不夠踏實純厚，再而如將它與陶淵明的文章相較的話，然鄭板橋的文章在本真自然的質性上卻不免有給人略遜一籌的感覺！

再而又如李笠翁在記喬姬之死的一段文字，云：

> ……凡人之死，未有不改形易貌，或出譫言，渠自抱疴至終，
> 無一誕妄之詞，訣語亦無微不悉，死時而目，較生前姣好，含
> 殮之物，悉經手檢目視，倩人盥櫛畢，乃終……

作者目睹愛姬病而去世，其中描述雖詳細入微，但若將其與前面的沈三白的〈坎坷記愁〉及林覺民的〈與妻訣別書〉相較的話，我們不難看出作者在感情的表達上似乎嫌淺淡不夠堅實了！所以在文章前面我們一開始便肯定地說文章內容須真情，有純厚真誠的感情才能寫出動人的好作品，其意義就在此了！

三　文意貴新與通變

就文章的寫作來說，除了前面所談到的，在布局、結構及煉意方

面之外，再而就是在文章的立意必須要能力求創新，表達的技巧上要能求通變化，以期達到與眾不同的境地！然而要達到這樣的寫作層次，並非一蹴可至，在平時則是要下一番努力的，其實至於文章的求新變通這個論說，在我國古代的文論批評中已有所敘及，比如漢代王充在《論衡》中就提到：

> 飾貌以彊類者失形，調辭以務似者失情，百夫之子，不同父母，殊類而生，不必相似，各以所稟，自為佳好。[3]

在這裡王充提出了當寫作文章時要按各自的需要及特點去構思發揮，而不是相襲模擬，倘若如此，則將全為一個模樣，一個腔調，於是就看不出有什麼新意了！

其次，蕭子顯在《南齊書》中也說：

> 習玩為理，事久則清，在乎文章，彌患凡舊，若無新變，不能代雄。[4]

同樣的在這裡蕭子顯也有同樣的看法，那就是在文章的寫作上最怕是彌患凡舊，如果在內容表達上不能有變化新意的話，那是不會有所發展的，同時更談不上發人深省或引人入勝的可能了；但是在求新與通變的過程中，有一點我們不能忘記，那就是新是從舊中蛻變而來，如果沒有根本，新的基礎又要從那裡去著立呢？故而在這當中所敘及的新變，乃是指陳言之務去，也就是避雷同，脫窠臼，如此寫作

3　（漢）王充：《論衡》，〈自紀〉。
4　（南朝梁）蕭子顯：《南齊書》，卷33，〈文學〉。

才會翻出新的境界來！當然我們知道在論析或探討文章的寫作上，這應該說是一項客觀且努力試著去達到的目的或企求，其實文章寫作的求新與變通，主要是著重於揭示它的性質和意義；之外，還有一點必須注意的，那就是創作的法則可說是日新月異的，其內容不停地在充實與豐富著，倘若寫作文章的法則或規律不變的話，那麼文學本身的發展可能就會因而停滯和衰竭，關於這點，劉勰在《文心雕龍》中有云：

> 文律運周，日新其業，變則可久，通則不乏，趨時必果，乘機無法，望今制奇，參古定法。[5]

這個概念是很深刻的，若依照其中文字的內涵精神來看的話，劉勰提出了文章寫作須要求變化，推陳出新，方能創造出新境界，作品才會有生命！同時這也點出了文學發展的根本特徵和規律性的問題，但若從客觀的立場來考察，論探文章的寫作，從這個基點去推敲發展的話，我覺得是一條寬廣的新途徑，然就歷代文章的發展而言，各朝代有各朝代的文風，其中每位名家均有其不同的寫作風格及表達技巧，而這無疑是以「變」的寫作風格來達到個人另一個新的風貌！

再而如果我從一個自然的現象來看，文章寫作的求新與求變，這應該是在反映事物的客觀要求，也可說是對我們周邊環境事物的一種反映，當我們在寫作時大都是由於個人從觀物起興而後再經心理轉化而表達出來，所以劉勰在《文心雕龍》中，云：

> 春秋代序，陰陽慘舒，物色之動，心亦搖焉。[6]

5　（南朝梁）劉勰：《文心雕龍》，〈通變〉。
6　（南朝梁）劉勰：《文心雕龍》，〈物色〉。

這裡清楚地說明了當我們寫作時，在心裡上的一種不斷變化情形，當然這也強調了寫作中的一個基本概念，平時在我們四周的事物是不停地在變化的，而生存在這環境中的我們自然在思想感情方面也就受到了影響，隨之產生了變化，所以如果是一位感情豐富，又具寫作才慧的人，在此情狀下自然地就會激起一種寫作的意念或想法，故從個人心理的觸動到意念的升起的過程中，它應是一個最先的原動力，因此我們可以說客觀事物之對個人的寫作上是有著相當大的影響的！

文章在寫作發展上必須求新求變，如此才能開展出文章的新生機，否則將是走老套，沿襲窠臼，最後呈現出來的勢必是一種僵化毫無生命的文學；再進一步說，就文章學的發展方面，求新求變應該是必須的，社會進步，人類知識水準提升，思想發達，所接觸的東西繁雜，而表達的內容相對的多樣；若再從讀者的角度來衡量，他們所要求的同樣趨向於新與變，這點是不可否認的事實，且都希望從他人的文章中獲得某種程度的教育或思想的啟發，假如一篇文章僅是一些陳言舊調，文章平凡，如此相信是很難得到大家的讚賞的。

然而我們平時在教授寫作時，面對學生當然首先要告訴大家多覽讀古代的名家作品，以期從中吸取精華，觀摩學習，這樣才會有基準，不會患了學習無本的毛病，在前文我們就提及新是從舊中來的，沒有過去也就不會有現在，因此我們要在已有的基礎上繼續求新求變，所以宋代葉適就說：

　　讀書不知接統緒，雖多無益。[7]

又，清代劉開也說：

7　（宋）葉適：〈贈薛子長文〉。

> （文章）非出於一人之心思才力為之，乃合千古之心思才力而
> 出之者也，非盡百家之美，不能成一人之奇，非取法至高之
> 境，不能開獨造之域。[8]

從以上所引的兩段文字考察看來，就可以瞭解到文章之寫作是須從前人的作品中觀摩學習，兼采眾長，然後再轉化求新，也就是要能「入」，也要能「出」，進而開展新的格局與境界，到達出類拔萃的地步！

四　善熟表達的技巧

文章在寫作的過程中除了必須注意章法結構、剪裁度句、立意的求新求變，情感的誠摯等，這樣表達出來的文章才能感人至深，引人入勝，雖然如此，但是其中我們不可不注意的就是文字的表達技巧，比如要如何在寫人記事時表達得具體生動，又在狀物繪景時要怎樣地將形象鮮明地描述，再而如果我們在論抒情或說明事物時，怎樣才能表達得真切深刻，準確恰當等等，這些都與表達技巧有密切的關係，而在文字的表達上，當然包括所謂音韻的調整、句式的變化、鍊字和用詞以及修辭技巧等！

文章在修辭上的得當與否，當然除了平時博覽群書之外，更重要的是學習與儲存，吸取精美的文句辭彙，作為以後寫文章的材料，如此才能多方面借鏡人家成功的寫作技巧，韓愈就曾經說過：「于古人之書，無所不學」，再加上他的才慧，所以才寫出如此高妙的文章作品；再而又如古人所說：

8　（清）劉開：〈與阮芸臺宮保論文書〉。

> 以我觀書，處處得益，以書博我，釋卷而茫然。[9]

這裡是指博覽群書，要能做到為我所用，也就是從觀書得益，以備構思寫作之需。

又如宋史中所載歐陽修學韓愈文章的情形說：

> 歐公僑城南李氏東園，得廢簏中韓文上、下冊讀之，苦志探索，始悟作文之法。[10]

從前面所引的文字看來，所強調的主要乃在學習和多研讀古人名篇，這樣除輔助及增進寫作材料之外，更重要是觀摩古人在文字之應用與剪裁，融會變通，如此方能匯眾流以達高美之境！

談到文章寫作的技巧，就一般情形而言，或許可約略分為對比、襯托、渲染、象徵、移情、錘鍊與氣勢等各項，然而這幾項內涵，其實還是屬於文字修辭方面的，於是簡要地分說如下，首先有關對比這項，在作文寫作上，簡單而言就是把兩種矛盾或對立的事物互相對照比較，予以反映客觀事物的本質，而這種寫作方法，在應用方面相當的廣泛，不論是寫人物或記事，或是說理與抒情等都可以採用這種表達技巧。例如：

一、我們生在這個時代，有時人格的完整、思想的純正、學說的豐富、性情的善良，都算不得什麼，有這些共通點並不定可以做好朋友。（思果〈寄不出的信〉）

二、你的樂觀、你的豪放、不過是想掩飾你內心的空虛，你的熱

9　（清）周永年輯：《先正讀書訣》。

10　（清）王葆心：《古文辭通義》，〈識途〉。

情、你的勇敢、也不過是想藉以平衡自己的壓力。（王尚義
〈超人的悲劇〉）

其次至於襯托方面，在寫作記敘性的文字中，其主要是在對人物
的刻畫，從中表達出人物的個性感情思想等特徵，如此可以突顯文章
內容的文藝氣氛，或表現組織的和諧，且可讓讀者讀後在心中產生共
鳴與深刻記憶！

然而關於渲染這項，其實它在我們平時寫作時是普通應用到的，
它猶如畫家在作畫時的繪畫手法一樣，在某些地方是該著色濃重，而
在那些地方則是淡筆輕描，如此一來才能顯現出整個畫面的層次感及
逼真現象，至於寫作也和這情形不相上下，一篇文章往往在必要的段
落或章節上予以大筆渲染，這樣一來就可凸出作者想要強調的事與
物，同時也可深化文章的內涵與主旨。

接著談到象徵與移情，首先就前者象徵而言，它可說是指「托義
於物」，也就是說以具體的事物來表示和它相同的或相近的概念，然
在這象徵的概念中，有時含存了作者個人的某種思想或感情，再而在
象徵的表現手法中，或許可能作者採取一種所謂的曲折或隱蔽的表達
方式，或也可說是間接陳述而並非直接的指明，這種寫作技巧，往往
也影射某種意義或作者內層心理的動念；而移情方面，這是屬一種心
理的感覺過程，在平時我可以用象徵的言語來使人的心中感情轉移，
比如當我們欣賞大自然時，大地、山河以及風雲、星斗原來都是死板
的東西，但是我們卻往往覺得它們有情感、有生命、或有動作，而這
種現象都可稱為移情[11]。例如：

一、「天寒猶有傲霜枝」句中的「傲」。

二、「雲破月來花弄影」句中的「弄」。

---

11 參朱光潛：《文藝心理學》（臺北：台灣開明書店，1936年）。

　　三、「數峯清苦，商略黃昏雨」句中的「清苦」和「商略」等都可以說明以移情技巧表達出來最美的文意實例。

　　至於錘鍊和氣勢方面，就錘鍊兩字便很清楚地說明了有關文章在文字運用上的簡潔鍊達工夫問題，寫文章除了在結構層次上要分明，設意求高妙，其次就是注意修辭運用，如果能掌握修辭的表達技巧，自然就能清楚地把想要說的話表達明白，這樣文章內容就自然生動感人，文意不會產生含糊不清，拖泥帶水的現象！我們平時寫文章除了注意文意暢達外，卻不能不注意文章的整體性，表達思想要前後一貫，絕不可有所偏頗，頭重腳輕的情形。在這一貫的發展過程中，還有一點就是氣勢的貫達與韵節的審度也須注意，比如曾文正公就曾經說：

> 有氣則有勢，有識則有度，有情則有韵，有趣則有味，古人絕好文字，大約於此四者之中，必有所長。[12]

由這段文字，便可瞭解到文以理路勝者，聲勢必宏，且其必見聞廣博，志氣充沛，襟懷開豁，這樣所寫作出來的文章聲勢自然雄偉，反之，如果胸中天地狹窄，見識淺薄，自然無其氣勢，無其氣勢也就無其文氣！故而寫文章是要常常養氣的，如此方能創造出氣勢磅礴的作品！於是，就前面各項例舉與詮釋看來，想寫好一篇文章，平時的確是要博覽群籍，吸收儲備，觀摩名家的作品及不斷練習及能善熟表達技巧方法，那麼要寫好一篇文章應該不是件難事了！

---

12 （清）曾國藩：《曾文正公文集》。

結論

　　探討文章的結構及表達技巧，這在語文教學訓練上來說是十分重要的，它是我漢語文學的一種最基本的認識與學習，社會進步，思想發達，學習範圍日趨廣泛與多元，所以在這樣複雜的環境裡，我們腦中所認知或瞭解的漢語文的特性組織，大多已有了變化，這種變化或許我們可以稱它被侵化後的語言文字，比如我們平時看到一些歐化或含存日本經驗的文句或造語等，然而如果站在國際文化語學觀點而言，那或許可以接受，或屬另類文化的範疇，但是在此我們論析的是自己的語文教學研究，故而就必須從純正的方向去探討，我在以上所論的大致來說是從教學的立場分析和詮釋寫好一篇文章的簡要步驟，一位初學者，若能掌握以上這些基本認識的話，我想應該是可以寫好一篇文章的！談到寫作須時時翻讀古人的名篇，觀摩考察，以增識見，然在這學習潛移默化下，相信也可轉化而指引提升個人的人格修養與高尚的情操，進而成就一具富深厚民族意識的中國人，如果從嚴謹良好的寫作訓練，藉此而能默化一個人的內在超越，格局寬大，這樣對語文教育的努力上來說，未嘗不是一項更具意義的事情！

論中西詩學中的象徵現象*

前言

　　本小論主要是探討中西詩學中有關象徵概念的一些現象，首先從西方的象徵詩派的發生及體系的內容特色切入，考察此詩派的獨特寫作形式，以及其如何在傳統詩學中跨越限制，而開創新的視角，再而轉到象徵詩派播傳到中國詩界後對我國新詩體式、內涵、風格，產生了明顯的影響，也引起不少震撼及詩家的模習，論中舉例詮釋了象徵詩派影響下的一些深化現象，最後再歸結討論這一詩派在中國本土詩壇上衝激後所衍生出來的新走向，而這些影響就整個中國現代詩發展上來看，他應是一個重要的因子，這因子對中國新詩的發展及詩人的培育方面均有不可漠視的精神動力。

一　象徵主義詩學體系

　　關於象徵主義此一概念的產生及提出，這要追溯到十九世紀中葉肇始於法國的情形，早在一八八六年的時候，詩人讓‧莫雷亞斯（Jean Moreas, 1858-1910）提出了所謂的「象徵主義」這個文學概念，漸而這個象徵主義便很快的引人注意而傳播到各地，於是產生了一股所謂大家學習的風潮。

---

* 原發表於「第一屆臺東大學華語文學術研討會」，臺東大學主辦，2006年。

　　至於有關象徵主義的歷史及衍化發展情形，其中有極其繁雜的歷史發展過程，若約略而言，或許可以這樣說，當莫雷亞斯在一八八六年創造這一「象徵主義」概念之後，經過在學術界的辨析，雖然如此，但是在文學史中對此一概念的論析上，似嫌有些不夠完整的地方。當然這個文學概念的創發及其推動衍化自莫雷亞斯開始，再到韋勒克對象徵主義這一運動的歷史分期理論之辨析等情形來看，在一個學術思潮的發展方面是存在著極重要的歷史意識，由於此主義對後來文學界的廣泛影響[1]，如果從文學流變去考察這一學術問題時，我們發現象徵主義一般被視為是對當時浪漫派與巴那斯派的反動，然而在這當中象徵主義雖然與以上二者都有相關，但象徵主義很可能是為了要表示其在文學觀上的區別，於是便有了如此的一主張之確立。「象徵主義」這一學術概念的發展，不僅影響了法國境內的文學創造生態，同樣的輻射到歐美而波及亞洲等國際性文學運動。然而在這一文學運動的遠因是什麼？為什麼會那樣迅速地傳播到各地，並受到大家的注意，對此吳曉東分析說：

　　　　「象徵主義」這一術語對於「象徵」概念的選擇可以在其漫長
　　　　的概念史中找到遠因，但象徵主義之所以在十九世紀後半葉成
　　　　為風靡一時的文學運動，它的直接原因卻產生於時代的特定的
　　　　歷史文化背景。法國文藝理論家羅蘭・巴爾特（R. Barthes,
　　　　1915-1980）認為，資產階級意識形態的統一性產生了一種獨特
　　　　的寫作形式，這種統一性在文學藝術上是以古典的浪漫主義時
　　　　代為其表現的……因此古典時代的寫作破裂了，從福樓拜到我

---

[1]　參考吳曉東：《象徵主義與中國現代文學》（合肥：安徽教育出版社，2000年9月），
　　頁20-21，其中有詳細的介紹及評析。

們時代，整個文學都變成了一種語言的問題。羅蘭‧巴爾特試圖為資產階級意識形態的破裂尋找一個轉折點，同時這個轉折點又能體現新的寫作形式，以及新的世界觀的圖景，他把這一轉折劃在十九世紀中葉，即一八五〇年左右，這恰恰是波特萊爾的時代。[2]

在這裡對象徵學派背景及轉折關鍵點作了詮釋，更重要的是提到了新寫作形式以及新世界觀的圖景，而在這新舊意識形態的呈現與對壘當中，讓詩人波特萊爾（Charles Baudelaire, 1821-1867）成就了他在文學世界中一個新發展及里程[3]。

在文學界波特萊爾被蘭波稱譽為「第一流的幻覺者，詩人之王，真正的上帝」，於是在法國文壇上漸漸他被推認為傑出的詩人之一。波特萊爾的文學觀的確立，乃在他宣稱藝術自主，譴責道德說教，反對文學中的傾向性。同時他對詩這文類提出主張說：

> 詩除了自身之外沒有其他的目的，它不可能有其他的目的，唯有那種單純是為了寫詩的快樂而寫出來的詩，才會這樣偉大，這樣高貴，這樣真正地無愧於詩這名稱。如果詩人追求一種道德目的，他就減弱了詩的力量……[4]

波特萊爾的詩學主張，其實就是追求詩的獨立性，將詩與道德、

---

2 吳曉東：《象徵主義與中國現代文學》，頁21。

3 蘭波（Arthur Rimbaud）著，葛雷、梁棟譯：〈致保爾‧德梅爾（1871年5月15日）〉，《蘭波詩全集》（杭州：浙江文藝出版社，1998年），頁279-282。甚而其他一些知名詩人也給於高度的評價。

4 波特萊爾（Charles Baudelaire）著，郭宏安譯：〈論泰奧菲爾‧弋蒂耶〉，《波特萊爾美學論文選》（北京：人民文學出版社，1987年），頁74。

科學區隔開來，當然在這裡更重的是力主與現實主義所主張的藝術功利主義完全相反的美學純藝術觀的確立，當然這對西方的傳統立場來說應該是一項突破或創發。這種純以詩為主的詩觀念，企圖在構建獨特現代藝術主體精神，而這主體的表現，在詩人所著的詩作中明顯地可以獲得證明，尤其像《惡之花》（*Les Fleurs de mal*）的詩集作品，其中所呈現的詩作和古典浪漫主義性質是大異其趣的，詩人習慣的題材是腐屍、吸血鬼、骷髏舞、撒旦、猶太醜女等，大大地顛覆了以往浪漫或格律的傳統模式表達形式。

二　象徵概念在中國詩歌中的深化

　　象徵主義在十九世紀形成一種文學學派之後，它便很快地被當時留學法國的詩作家傳介到了中國詩壇上來，而這一詩派較早推介到中國詩壇，在《少年中國》雜誌介紹大約在一九二〇年到一九二一年左右，據悉當時這本雜誌詳細地介紹了法國詩人象徵詩派代表波特萊爾、魏爾崙、馬拉美等人的詩觀及作品，除此之外，還系統地探析了法國詩歌浪漫主義等發展經過，再而在同一時期，當時文學研究會的《小說周報》和創造社的《創造季刊》，接續也對象徵主義這詩派作了敘介。雖然象徵主義被引紹到中國詩壇，但是就一般情形來看，在文論評述方面仍停留在表層階段，在認識上也還存留著一些模糊的現象，這種情形一直到一九二八至一九三七年左右，象徵主義才真正獲得現代文壇的接納，於是才有了進一步的拓展，這時大量的法國象徵作品被譯介，例如戴望舒從事魏爾崙等詩人的翻譯之作，梁宗岱翻譯他老師的著作《水仙辭》，並將他的法國老師瓦雷里介紹到中國文壇，再而李金髮翻譯了《馬拉美詩抄》等[5]。從這段時間，象徵主義

5　吳曉東：《象徵主義與中國現代文學》，頁73。

在中國文壇上傳播軌跡頗顯複雜，尤其在戰亂的前後期，更顯得紛亂，但是介紹象徵主義及譯述相關方面的作品數量仍然相當可觀[6]！依考察象徵主義在中國文壇上的傳播，迅速發展，其中主要的原因它乃屬於一種文學思潮，而這思潮的推開，其必有賴於所產生的「思想氣候」的形成，對此吳曉東有以下的敘述：

> 象徵主義首先是作為一種文學思潮在中國傳播的，伴隨它一起到來的，是他賴以產生的特定時代的「思想氣候」，這一「思想氣候」的形成，必須要從社會歷史背景以及哲學藝術的總體思潮中去尋找，同時，說文學思潮自身的領域而言，象徵主義在中國的引進也是其他文學潮流同時傳入的。[7]

若依照當時的文學潮流而言，象徵主義的傳入中土，漸漸被傳播接受，並交流互融後而形成了中國文學發展過程中特有的文學圖景，在這樣的文學圖景中我們約略可以瞭解到學習者對他的追慕模仿與接近，產生了前所未有的一種風氣。例如在象徵主義的批評和實踐方面來說，就三十年的一個重要問題是怎樣的去評價李金髮的新詩作品，我們發現在《現代》第三卷第三期中蘇雪林教授發表了〈論李金髮的詩〉一文，在文中第一次使用了「中國象徵派」一詞來介定李金髮的詩歌特色，接著在一九三五年出版的《中國新文學大系・詩集》的導言中，朱自清先生也認為李金髮在詩中所使用的是「法國象徵詩人的手法」，並說李氏是第一個人介紹它到中國詩裡，同時還認為象徵詩派是和自由詩派、格律詩派相並列的一個詩歌流派的評價[8]，所以說

---

6 吳曉東：《象徵主義與中國現代文學》，頁92。

7 吳曉東：《象徵主義與中國現代文學》，頁101。

8 朱自清主編：《中國文學大系・詩集》（上海：良友圖書印刷公司，1935年），頁7-8。

象徵主義這個學派的詩觀在當時中國學界已呈現接納與學習的情形。
然就他們認真寫評論文學，而且也創作了一些詩作便可證明，在此我
們試舉一些例子來看，如李金髮的詩作〈墻角裡〉一詩：

墻角裡，
兩個形體，
混合著；
手兒聯袂，
腳兒促膝，
喁喁地，
喁喁地，
分不出，
談說
抑是微笑。
——你還記得否，
說僅愛我一點？
——時候不同了，
——我們是
人間不幸者，
——也可以說啊。
聲音更小了，
喁喁地，
惟夜色能懂之。[9]

---

9 李金髮：〈墻角裡〉，《微雨》（北京：人民文學出版社，2000年），頁4-5。

　　讀完這首詩給人的感覺用詞簡短，其次是詞語多重疊，又夾雜著一些文言裡的嘆詞語助詞，然而這首詩有人批評是抄譯自魏爾崙的〈情話〉一首[10]，但是其中仍有諸種差異的地方。魏爾崙的詩作在詩情上深刻，可能是有感而發？而李金髮的詩呢？則缺少這樣的靈感？

　　又如〈棄婦〉一詩：

　　　　長髮披遍我兩眼之前，
　　　　遂隔斷了一切羞惡之疾視，

10　魏爾崙〈情話〉（colloque sentimental）：
　　「在孤寂、冰冷的老園，
　　兩個形體剛剛走過。

　　他們的眼睛呆滯，嘴唇萎靡無力，
　　人們勉強能聽見他們的話。

　　在孤寂、冷冰的老園，
　　兩個幽靈追念往昔。

　　——你還記得咱們舊時的醉心麼？
　　——您為何要我記著它？

　　——你的心還只為我而跳蹦麼？
　　還總在夢中見到我的靈魂麼？——不，

　　——啊！無以形容的美福美日呵
　　我們的嘴唇貼在一起！——可能。

　　——那天空多麼藍，那希望多麼大呵！
　　——希望消匿了，被擊敗，在黑空裡。

　　他們就這樣在瘋狂的黑麥裡走著，
　　只有夜能聽到他們的話語。」

與鮮血之急流，枯骨之沉睡。

黑夜與蚊虫聯步徐來，

越此短墻之角，

狂呼在我清白之耳後，

如荒野狂風怒號：

戰慄了無數遊牧。

靠一根草兒，與上帝之靈往返在空谷裡。

我們哀戚惟游蜂之腦能深印著；

或與山泉長瀉在懸崖，

然後隨紅葉而俱去。

棄婦之隱憂堆積在動作上，

夕陽之火不能把時間之煩悶

化成灰爐，從烟突裡飛去，

長染在游鴉之羽，

將同栖止於海嘯之石上，

靜聽舟子之歌。

衰老的裙裾發出哀吟，

徜徉在丘墓之側，

永無熱淚，

點滴在草地，

為世界之裝飾。[11]

　　這首詩是作者將它編收在《微雨》集中，排列第一首，由此可見

---

11 李金髮：〈棄婦〉，《微雨》，頁1-2。

是作者李金髮比較喜歡的作品。但在閱讀此詩時，我們首先發現的是它的語言特色，它沒有比喻上的狹隘性，至於文學誇張上，主要似乎是在抓住某個意象時就作自由的發揮與推衍，這樣的處理手法，或詩式風格，當然是突破了以往白話的組織藩籬，跳脫出了傳統語言的限制，其對中國的詩文學來說，可以說作了相當程度的邁進，開拓和深化性的作用！雖然如此，然其中也隱含著些許的缺失，對此詩人楊允達曾說：

> 李金髮是第一個以法國象徵技巧寫詩的人，他師承魏爾崙，自認為魏爾崙的弟子。但是，他的毛病就是沒有學到魏爾崙鍛鍊語言文字的功夫。魏爾崙雖然無視於古典的條規，卻能以新的方法鍛鍊語言。其作品文字純淨、簡潔，毫無拖泥帶水，生澀難懂之弊……[12]

又，詩論家瘂弦也曾評說：

> ……李金髮的詩最令人詬病的地方，應該是在語言這一方面。本來象徵派作品的特色，一向就是極力避免「明瞭」與「確定」，主張觀念聯絡之奇突，在恍惚朦朧中追求曖昧的美。就李詩而言，在意象的暗示上，他是做到了，他失敗的地方是沒有象徵派詩人的優點——音樂性，語字刻意創新的結果，不僅產生許多語病，音節上也詰屈聱牙，艱澀難讀。[13]

---

12 楊允達：〈李金髮評傳〉，金絲燕：《文學接受與文化過濾——中國對法國象徵主義詩歌的接受》（北京：中國人民大學出版社，1994年），頁179。筆者又及，在此論評文字中，也點出了李金髮當時在詩的創作上頗有模仿魏爾崙的現象。

13 瘂弦：《中國新詩研究》（臺北：洪範書店，1987年），頁102。

象徵詩派的引進，雖然有些變調和弊病，但這種詩風，促進了中國新詩的新發展，也給詩作者們另一個思索寫作的天空，甚而經由傳遞、改進、深化後所呈現出來的種種現象，這些無不也讓大家關心到詩的主體的塑造，藝術精神的重視等等，當然其對新詩界的貢獻應該是正面且肯定的！

三　中西詩學的象徵現象

象徵詩派傳來時，當時國內也正面臨白話新詩寫實主義的變革，於是很容易便引起了大家的關注。對於象徵詩來說，其實有它特殊的基調，這些性格，李金髮曾指出說：

> 藝術是不顧道德，也與社會不是共同的世界，藝術上惟一的目的，就是創造美，藝術家惟一的工作，就是忠實地表現自己的世界，所以他的美的世界，是創造在藝術上，不是建設在社會上。[14]

在這裡李金髮強調了忠實地表現自己的世界以及創造純粹詩歌，而這實際上也表明了二十年代象徵詩派的一個取向，同時象徵詩派在思想情感特徵上，和西方象徵派有相通之處，這些相似處，正也表示出了詩人在內心世界的痛苦空虛，或許寂寞、失落感，或許有濃厚的消極頹廢，甚而是絕望厭世的思緒情調。例如戴望舒的〈尋夢者〉：

> 夢會開出花來的，
> 夢會開出嬌妍的花來的，

---

14 李金髮：〈烈火〉，《美育》創刊號（1928年10月）。

去求無價的珍寶吧。

在青色的大海裡，
在青色的大海的底裡，
深藏著金色的貝一枚。

你去攀九年的冰山吧，
你去航九年的旱海吧，
然後你逢到那金色的貝。

它有天上的雲雨聲，
它有海上的風濤聲，
它會使你的心沉醉。

把它在海水裡養九年，
把它在天水裡養九年，
然後，它在一個暗夜裡開綻了。

當你鬢髮斑斑的時候，
當你眼睛矇矓的時候，
金色的貝吐出桃色的珠。

把桃色的珠放在懷裡，
把桃色的珠放在枕邊，
於是一個夢靜靜地升上來了。

你的夢開出花來了，
你的夢開出嬌妍的花來了，
在你已衰老了的時候。[15]

　　這首詩的結構頗富口語化的句式，讀來詩中的情緒是有節制的，
雖然如此，但在詩題「尋夢者」則似乎帶給人無限浪漫的企想，詩的
本身展示出來的是一個個美麗的意象，而這些意象包括了嬌妍的花、
無價的珍寶、青色的大海、金色的貝、桃色的珠等等。從這些構思與
設意可以讀出作者在運思上的奇特性，與一般詩式的表達是有極大的
迴異之處的。接下來再舉另一首象徵詩人魏爾崙的作品〈秋歌〉：

秋日的
提琴
　長嘆的鳴咽
用單調的
弱調
　傷我心。

當鐘鳴時
一切暗澹
　而窒息，
我回想
往日
　我悲泣。

15 戴望舒：《戴望舒全集‧詩歌卷》（北京：中國青年出版社，1999年），頁117-118。

我置身於
疾風裡
　　風把我帶去
像一片
死葉
忽東忽西。[16]

　　魏爾崙最注重詩的音樂性，所以在詩中以音樂的節奏和旋律來表現其幽玄的情調。〈秋歌〉一詩，作者表達了節奏和旋律之美，內容上讀不到什麼玄妙的地方，構句簡短，以清淡的筆調表現出秋日的蒼涼，象徵了作者好比那落葉般的飄零身世。再如波特萊爾的〈貓〉：

來，我美麗的貓，在我渴戀的心上，
將你腳上的尖爪藏隱，
你投我一片嬌美的目光，
是金屬的瑪瑙和光波所渾成。

我的指端隨意撫摩，
你的頭，你彈性的背，
觸著你身上電氣的傳播，
我的手癡迷的沉醉。

我看我心中的女人；她的眼神
和你的極為相似

16 轉引自覃子豪：《覃子豪全集II》，（《覃子豪全集》出版委員會，1968年），頁586-587。

是槍的投刺，深奧而寒冷，

從頭顱一直到足趾，
游走在你琥珀色的軀身，
是奇異體香與迷人的妖氣。[17]

　　我們在閱讀波特萊爾的詩作時，他似有一種反對浪漫主義強烈傾吐感情的感覺，他也試著在尋求一個獨特的現代藝術主體的出現，即「惡中之美」的發現者，挖掘者和讚美者。對於詩這文類，就波特萊爾的理解，他在《惡之花》的序言中說：

　　什麼是詩？什麼是詩的目的？就是把善同美區別開來，發掘惡中之美，讓節奏和韻腳符合人對單調、勻稱、驚奇等永恆的需求；讓風格適應主題，靈感的虛榮和危險，等等。[18]

　　在這段文字中他主張善與美區隔開來，而有了新的辯解，再而就是他認為古典的真善美統一的原則可能是一種謬誤，它可能既不是道德的，也不是不道德的，而且不屬於道德範疇的，由於這個原因，所以他將發掘──「惡中之美」。關於這點固然是由於波特萊爾在詩藝術上的一種新見，至於前所舉〈貓〉一詩，作者開始以呼喚戀人的聲調來呼喚，是一種病態的狂熱，是性渴求變態的表現。作者把貓當作美麗的女人，波特萊爾所要表現的意念，是人獸的混合。[19]

17　轉引自覃子豪：《覃子豪全集II》，頁588。
18　參波特萊爾著，郭宏安譯：《波特萊爾美學論文選》，頁3。
19　參見覃子豪：《未名集》（《覃子豪全集》出版委員會，1968年），頁589。

　　同樣是象徵派詩人所寫的詩作，在詩境的捕捉及情感的表達上雖有不同的技巧，然在詩式的創發，以及語言駕馭均能突破窠臼，忠實地以純粹的藝術為重心，且理解到藝術與生命的契合，已呈現出一種新穎的現象。

四　象徵詩派與新詩發展

　　象徵派詩歌在風格基調上，主要是以先鋒的姿態表現出一種反現代的現代性，除外並標誌著對現在生活的失望，有著強烈的不安、懷疑及苦悶的情緒，再而這詩派也不滿所謂因果分明的理性主義，而喜歡表現事物的神祕性。然其中就其表現特點而言，它是不受形式的約束，以自由為主，強調音樂性，重視各種感覺的互通（亦即所謂的香味、顏色和聲音的互相呼應），不主張直抒，以暗示讓詩意呈現朦朧的現象。例如穆木天的〈蒼白的鐘聲〉一詩：

　　　蒼白的鐘聲　衰腐的　　朦朧
　　　疏散　玲瓏　荒涼的　濛濛的　谷中
　　　──衰草　千重　萬重──
　　　聽　永遠的　荒唐的　古鐘
　　　聽　千聲　萬聲

　　　古鐘　飄散　在水波之皎皎
　　　古鐘　飄散　在灰綠的　白楊之梢
　　　古鐘　飄散　在風聲之蕭蕭
　　　──月影　逍遙　逍遙──

　　　古鐘　飄散　在白雲之飄飄[20]

　　由詩中的語言結構就會感受到蒼白、朦朧、玄祕，甚而幽遠的詩
境，這樣的詩格特色，其實它和早期的白話詩在架構組織上也頗不相
同，白話詩時期的詩，它主要的是顯張了詩歌的感覺及想像形式，但
是取材和趣味上基本還是屬傳統的，並沒有脫逸出文人詩歌的大體
框架！

　　但是到了象徵詩風傳到中國詩界後，對本土的白話詩寫作起了衝
激，於是引發了一場新的變革。五四啟蒙期的詩人試圖從傳統的束縛
中解放出來，學習新語言，找尋新世界，這的確給當時新詩界帶來新
的生機。朱自清曾論析說：

　　　　象徵詩派要表現的是些微妙的情境，比喻是他們的生命；但是
　　　　「遠取譬」而不是「近取譬」。所謂遠近不指比喻的材料而指
　　　　比喻的方法；他們能在普通人以為不同的事物中間看出同來。
　　　　他們發現事物間的新關係，並且用最經濟的方法將這關係組織
　　　　成詩，所謂「最經濟的」就是將一此聯絡的字句省掉，讓讀者
　　　　運用自己的想像力搭起橋來。[21]

　　這是朱自清對象徵詩派的基本特徵的詮釋，強調了比喻是象徵詩
藝的核心精神，主張詩的傳達和比喻組織上的關係要能廣大，在詩的
語言上要能夠創新，給人有一種所謂新的感受，這種感受，在象徵詩
歌而言應是它的基質，有了這些藝術規範，於是詩的深廣度自然就不
一樣了，同時也改變了讀者閱讀和審美上的感覺。而這些感受當然首

---

20 轉引自王光明：《現代漢詩的百年演變》（石家莊：河北人民出版社，2003年），頁261。
21 朱自清：《新詩雜話・新詩的進步》（北京：三聯書店，1984年10月）。

要來自詩人對文字的掌握，創新全新的詞語，能如魔術般破棄以往的語言習慣現象，而達到言語的獨立性。[22]前面所舉的象徵派詩人穆木天的詩作中便可以感受到在鑄詞上的特別，以間隔取消了標點，並且試圖精巧地選擇詞語和調動重複、對稱、押韻、疊聲等的藝術手法，創造出一種具有聲音縈繞效果的詩感。

從前面考察比較象徵這一詩題，尤其在構思傳遞，音樂性與繪畫美等性格，主要是以達到主題情思的交融，這種構成技巧可說打破舊有新月派的格律思考空間，回溯在新詩發展的初期，一些詩人是走寫實，所以注重是固定的文化語境，再到浪漫詩派時只專注於自我情感的表現，於是這兩者都甚少注重詩的本體的語言和形式的建立問題，那更讀不到詩本身的內涵之重視了！

但是由於後來中國詩界接受了象徵主義的詩風變化，於是藉由外來的因子，改造和融化了中國現代文化發展，其中影響最大的應該是中國新詩的美學內涵，技巧表達，改變詩觀，進而改變了後來詩的取向及風貌，同時也造就了不少新詩人，像戴望舒、卞之琳、馮至以及穆木天等的詩學成就！之外，象徵詩的因子一部分也隨國民政府遷臺，由詩人覃子豪將詩風特色傳到了臺灣詩壇，當時覃先生寫了不少有關這方面的詩論及作品[23]，這些對後來臺灣詩壇及現代詩社的發展均有極重大的貢獻[24]。

22　參閱塞門斯著，曹葆華譯：《兩位法國象徵詩人》，《文學季刊》第2卷第2期（1985年6月）。

23　覃子豪論析象徵主義詩派等方面的文章收存在《覃子豪全集》第二冊，其中有〈象徵與比喻〉、〈象徵〉、〈論象徵派與中國新詩〉、〈象徵派與現代主義〉、〈波特萊爾的頹廢主義及其作品〉等。

24　可參考瘂弦：《中國新詩研究》一書，其中有〈中國象徵主義的先驅〉、〈從象徵到現代〉、〈髮翁訪問後記〉等。書中尤其對戴望舒有詳細的論析，同時也兼及中國現代詩的發展現象。

結語

　　我們從象徵詩派的發生到傳引到中國詩界，受詩人們的論析、模仿及譯介，顯示了中國本土的象徵詩學派對西方象徵主義詩歌具有濃厚的興趣，但是注意力主要在詩藝的移植上，而對詩內質的挖掘方面則還嫌不夠，比如就純粹以文章來看，李金髮等人雖然代表象徵詩派詩人，但在詩的意識內涵卻沒有踏實的建立起來，這些作品，確實缺乏一種情感體驗的深度，就前面所論析的諸種現象中便可得到理解。然不論如何，其在詩式的創新，詩歌語言的現代性，不斷的革新與創發之後，奠定了以後新詩發展的方向，以及詩人所企盼建立詩文學藝術獨有本體特色之精神，可說已向前邁進了一大步！

現代文學的活潑性與多元美[*]

前言

　　中國文學的興發，首先我們必須追溯到一九一七年胡適在《新青年》上發表了〈文學改良芻議〉一文以後，在當時學術界引發了一連串的文藝思潮，而其中最重要的，不外乎是大量吸去外國文學的內容和寫作技巧，其次就是用現代語言表現現代科學和民主觀念，且對藝術形式與表現手法也提出了革新，漸而建立了話劇、新詩、現代小說、雜文或散文詩等，體裁多樣化，各種文類的敘述角度和風格也都與傳統古典文學的敘述方法有著極大的不同，由於這種新穎的文風的開啟，其對中國文學往後的發展上來說，的確產生了相當深遠的影響！

　　然就歷史現象而言，這時期的文學革新與變遷，主要是主張提倡科學、民主和社會主義，反對文言文，提倡白話文為目的，而這個新的文學運動，最早是發軔於北京、上海等大學及文化較普及的城市，由於響應熱烈，於是很快地蔓延到各地，甚至當時的臺灣、香港、澳門等地也受到了影響。

　　至於臺灣的新文學運動，雖然當時臺灣仍受到日本的統治，但是一些新文藝工作者，卻不因受到日方的高壓政策而有所畏懼或退縮。在這段期間，他們所堅持的立場是努力創作，出版大量高水準的作品，其中包括了小說（長短篇）、戲劇、詩文等方面的著作，在這樣

---

[*] 收入《中國文學與美學》（臺北：五南圖書出版公司，2000年），第11章。

高壓的政策下，而這群文藝工作者始終堅持理念為文化奮鬥的心志，的確令人感佩。

關於臺灣的新文學運動的發生，就史實而言，應該是自民國九年（1920）開始，也就是日據時代的後半期，然而至於文學發展情形方面，依據〈臺灣文學年表〉（廖漢臣著，《臺灣文獻》十五卷一期），大約可以分為四個時期，如下：

一、萌芽時期（一九二〇～一九二三）
二、發展時期（一九二四～一九三二）
三、蓬勃時期（一九三二～一九三七）
四、戰亂時期（一九三八～一九四五）

從以上的四個分期，可以說是臺灣文學的簡略發展，若就其內容及發展過程來看，在第一階段的萌芽期，其主要的成員為留日的臺灣學生，他們組織了「臺灣青年會」，並創辦了《臺灣青年》雜誌，主要的目的是想推行「新文化運動」，至於發表的作品文章以白話文為其特色。

至於第二階段，臺灣文學可說已進入發展時期，在這段時期的文學運動經過情形較前來得激烈，期間有白話文論戰、新舊文學論戰和臺灣話文論戰（又稱鄉土論戰），然而在這當中值得一提的是，當時的文藝作者張我軍曾對舊文學提出強烈的批評和看法，隨即引起了像連雅堂、悶葫蘆生、黃衫客等不少舊詩人們的反駁，雖然如此，可是當時附和張我軍的人也不少，其中包括：半新舊（人名）、蔡孝乾、葉榮鐘和陳逢源等都對舊詩文提出相反的看法和意見。

當經過新舊文學激烈論戰之後，便進入了第三階段，也是臺灣新文學蓬勃發展時期，在這段期間出版的作品不但較其他時期為多，同

時文藝活動方面也相當的活潑，展現出一種蓬勃的氣息，其中例如，在民國二十二年，由郭秋生和廖漢臣發起組織「臺灣文藝協會」，接著在次年又創刊《先發部隊》雜誌。

其次在民國二十三年，由張深切、賴明弘和何集璧等人組織了「臺灣文藝聯盟」，同年十一月五日又發行《臺灣文藝》，所收錄的作品包括了中日小說、詩歌、隨筆及評論等多種，內容極為精彩，這本由臺灣人創辦的文藝雜誌自創刊直到民國二十五年八月二十八日為止，一共出刊了十五期，在所有的雜誌中算是壽命最長，刊載作品也最多。《臺灣文藝》以臺中為活動中心，它除了網羅全島作家外，並和東京支部互有密切的關係。在這一年出版的文學作品水準相當不錯，例如：吳希聖的小說《豚》、林輝焜的《不爭的命運》、吳新榮的《亡妻記》、陳垂映的《暖流寒流》及徐坤泉的小說集《暗礁》等，在文壇上都深受好評。

而臺灣文學的第四階段，應該是從民國二十六年算起，這個時期不幸七七事變發生，中日戰爭，日方實施高壓政策，大倡「皇民化運動」，除了禁止說中文之外，並且還控制知識份子的各種活動，所以臺灣新文學運動也自然受到中斷與影響，但是在這期間所創刊的兩本雜誌卻值得一提，那就是：

一、《文藝臺灣》，民國二十九年，由日僑西川滿發起創立，同時又創設「臺灣文藝家協會」，當時常在刊物上發表文章並參與藝文活動的臺籍人士有黃得時、龍瑛宗和邱炳南等。

二、《臺灣文學》，這本文學雜誌是在民國三十年由張文環發起創刊的，其主要目的是不滿西川滿的作風而相對峙，而當時重要的作者有張文環、吳新榮、吳天賞、張冬芳及林博秋等人[1]。

1　參見王詩琅：《日據下臺灣新文學的生成及其發展》中曾提到張文環與西川滿兩者「在文藝思想及意識上並沒有甚麼不同，只是在民族感情上各據一方而已。」

當太平洋戰爭爆發後不久，「臺灣文藝家協會」自動解散，以及成員組成「臺灣文學奉公會」，與日本文學報國會臺灣支部互為結合，從事臺灣皇民文學的活動，後來《臺灣文學》與《文藝臺灣》合併，而成為《臺灣文藝》，當時作家們多被派到各地參觀並寫作「決戰小說」，以欺騙同胞，於是臺灣文學受到相當程度的日本帝國主義利用和摧殘，雖然如此，但臺灣作家的民族感情，並沒有受到真正的分化或動搖，反帝反殖的精神意識仍是毫無改變。

在這個階段值得一提的是，作家楊逵（1905-1985），發表了批判日本軍國主義旳小說〈鵝媽媽出嫁〉等作品，又呂赫若（1914-1951？），發表了〈牛車〉、〈財子壽〉、〈風水〉、〈合家平安〉、〈廟庭〉及〈月夜〉等以訴說臺灣同胞的苦難生活，或透過家庭問題，揭露封建地主階級的黑暗醜惡面，或痛斥貪圖私慾的詐欺嘴臉等題材寫作的小說，暗中用曲筆表達了對日本皇民文化的批判與不滿。

在這個時期臺灣文學作家除了以上所提及者外，尚有一位重要的代表作家，那就是吳濁流（1900-1976），他是從臺北師範學校畢業後，一直擔任教師工作，在一九三六年開始文學創作，發表了相當數量的作品，其中包括有〈亞細亞的孤兒〉、〈先生媽〉及〈陳大人〉等，他以辛辣的文筆諷刺和揭露了一些為虎作倀的民族敗類，或表達對「皇民化」的強烈不滿和抗訴。

當第二次世界大戰結束後，臺灣光復，文學活動也開始改變了氣象，恢復以中文寫作，創作也逐漸多面化，當時楊逵並且還提出「文學回歸」大陸的看法，其實他主要的是盼望在與大陸內地的交流中，把臺灣文學完全匯合到內地大陸文學的潮流中，產生互為流通的現象，於是，後來不久，丁西林、錢歌川、許壽裳、臺靜農、黎烈文及李霽野等人便從大陸來臺，主持大學院系工作，或參與文學課程的教學，或文藝活動的推展等等，頗有交融匯流，可是由於發生某些政治

事件，文學匯合受挫，楊逵也因受累入獄。在民國三十八年後，國民政府自大陸播遷來臺，而大批文藝工作者也渡海而來，臺灣頓時成為文化薈萃之地。

當時政府雖努力推展文藝活動，報紙沒有副刊，原本寂靜的文壇一時呈現活氣，可是有一點值得我們注意的是，臺灣文學的內容卻泛罩著一股懷鄉文學的氣息以及反共熱血光復中原的口號文學。

然而，在這裡尤其是「懷鄉文學」方面，由於大部分人因當時國民政府播遷來臺時，在時間上十分倉促，匆匆離開故鄉及家人，料想之外地流落他鄉為異客，故而心中自然蘊存著一股熾熱的思鄉情緒，所以「懷鄉文學」也就這樣應運而生了。至於當時「懷鄉文學」的作品，例如：張秀亞、林海音、潘琦君、華嚴及孟瑤等，她們在作品的表現上都有相當不錯的成績，其中像林海音的《城南舊事》就是當中的代表作之一，她以二十年代後期北平的社會生活為背景，透過書中小英子的眼睛，描述了知識分子、城市貧民、農民，尤其是婦女的痛苦生活，文字清楚、形象鮮明、十分親切感人，其他如短篇小說〈婚姻的故事〉、〈燭芯〉及長篇小說《曉雲》等，還有孟瑤的長篇小說《心園》也都可說有一定水準的文學作品。「懷鄉文學」除了女作家外，其實在軍中也有一些回憶大陸生活的作品，例如司馬中原的《紅絲鳳》、《狂風沙》、《路客與刀客》，朱西甯的《狼》、《旱魃》及段彩華的《花雕宴》等，大都以大陸故土的情思為主題編織而成的文學作品，這些孜孜不倦為現代文學努力的作家們，相信他們一定會在文學史發展的歷程上留下斐然的成績的。

臺灣現伐文學的開始，除了前輩作家的努力引導，其次就是不少後起的文藝愛好者的虛心學習與自我的覺醒，再而就是不斷吸收國外的新思潮，開啟了自己在文學上的新穎理念和寫作風格，比如當時詩人紀弦就創辦了《現代詩》季刊，從事新詩現代化的理論與實踐，接

著又有鍾鼎文、覃子豪、余光中等成立了「藍星詩社」，再來又有張默、洛夫、瘂弦等人成立「創世紀」詩社，並出版《創世紀》詩刊，之後紀弦在一九五六年又成立了「現代派」，當時參與活動的作家詩人有：方思、鄭愁予、蓉子、羅門、白萩及林亨泰等人，於是，整個文壇無不呈現一股很清新的現代風氣。

在這段期間，文學風氣極為興盛，詩社如雨後春筍般成立，各大專院校也成立學生詩社，或舉辦演講會，或推出作品展覽，培養了不少新銳的文藝作家。再而，夏濟安在繼「現代派」之後，又創辦了《文學雜誌》，其主要是在介紹歐美現代主義文學理論和作品，並且發表臺灣作家一些優秀的現代主義作品，後來由於夏濟安離臺赴美，而該雜誌也就宣告停刊。雖然如此，但是文學作品並沒有因此而中斷，在第二年，當時還在臺大外文系念書的學生白先勇、王文興、陳若曦、李歐梵、戴天、歐陽子及劉紹銘等人成立「現代文學社」，並且出版《現代文學》雜誌，內容更為開放，大量地介紹了西方的文學作家及作品，其中包括例如：卡夫卡、卡繆、喬哀思、托馬斯・曼、福克納、海明威等，對當時的文壇來說，的確起了極大的刺激，再而結合前面的「現代派」、「藍星詩社」、「創世紀詩社」等詩人的呼應，因此現代文學也就萌芽而茁壯，在臺灣的文壇上蔚為氣象了。

當進入七〇年代，因為大家深覺自己生存空間及環境的重要，於是一股鄉土文學之風便因而吹起。然而甚麼是鄉土文學？其實在日據時期已有鄉土文學，而目前所提到的鄉土文學應該是當代臺灣鄉土文學，至於它的內容，簡要地說，那就是具有鮮明地方色彩的文學作品，寫的是自己的城鄉或生存的土地的一切，它是親切的，又是現實的，它不再是甚麼鄉愁或空泛漫無邊際的迷思。

敘及當代臺灣鄉土文學，或許我們可以這麼說，它是由鍾理和、賴和、鍾肇政、楊逵、吳濁流和葉石濤等作家所承續下來，在前文已

經提及他們在日據時期曾做了相當大的奮鬥和努力，所以臺灣文學的精神才能如此地延續或推展開來。然而進入七○年代後期，臺灣文壇曾發生一場影響深遠的鄉土論戰，由於這次的熱烈討論，因而釐清了有關鄉土文學的理念及化解了各方不同的見解，同時也提示了未來發展的目標和方向。

在面向未來的世界，我們可以很明顯地察覺到，時代在變，社會不停地在進步，而人們的價值觀和看法也有了差距，在不同的取捨之下，它必朝大環境前進，那就是一個多元與更開放的未來。同時的在進入八○年代後，臺灣文學由於大環境的影響，於是也隨之有了變遷和突破，在題材內容上不斷地朝多元攝取，或改變寫作的技巧，或朝若無變新，則不能代雄的綱領推進，文學類型雖然眾多，然而寫作內涵上也就相對寬廣，所以例如邊疆文學論，或作家的定位，或臺灣文學中統獨論辯等問題也都浮上檯面公開討論，至於到了九○年代以後，臺灣現代文學的內涵、或題材、或表現、或風格、或類型、或結構等方面，相信都要較前更為突出、新穎、活潑與深入，這些應該是可以預見到的。

一 題材多元、內容活潑──談新詩的表現美

現代文學的產生，主要是發端於「五四」新文學運動和當時文學革命，當時由於知識份子們的覺醒。而對國內封建蒙昧主義及專制主義的不滿，所以提出了所謂科學、民主和社會主義的口號，並反對文言文，主張以白話文來寫作，其中並大量地翻譯外國文學名著，把國外的文學內容與寫作技巧介紹到國內來，開啟了大家的認識，其次加上當時的年輕作家們的積極努力創作，鼓吹新觀念與理想，摧破了舊有的束縛，於是一種自由開放的風氣就這樣瀰漫開來。

　　由於寫作範圍寬廣，於是有關寫作的內容，表達方式也就自然多樣，不拘限於某個點或範圍上，比如說談到我國的現代文學中的詩歌或散文方面，不論是語言的表現、節奏的調諧、意象的捕捉、或內涵的深邃，寫法的靈活，或構思的新穎，這些都可說是一種所謂的文章藝術，這種藝術，它來自作者個人的才慧，文化素養，或生活經驗，最後經昇華提煉而表達出來的，而它應該就是一種高尚（自內到外）的藝術作品表現。

　　然而這種藝術的表現，它不僅是屬於多樣性，且是充滿了天真與活潑，就如同一首和諧的樂章似的，讀後讓人往往在心中洋溢著柔和暢舒的感受！有關這些詩文特色，以下就讓我們來一一敘介吧！

（一）內容意象的調和

　　一篇感人至深的作品，它是不能沒有感情的，而一位作家首先他必須要有濃烈的感情，才能完成他的理想或文學作品，這點在古今中外的詩文作品中，我們都可以看到。一位作者如果感情不夠真摯，那麼他所表達出來的文字，就會顯得虛浮不實，再而既然有了濃厚的感情，而想要將它表達出來，那麼文字應該是最直接的媒介了。在文字媒介的過程中，則須經過個人意象的經營，這樣最後才能達到自己所想要創造的作品，而這作品所代表的就是作者個人的內涵與特色，關於這點，就現代詩作者們，他們到底是怎樣地表現這種意象與內涵、技巧和特色呢？首先我們來看看童山的〈新竹枝詞〉：

（一）
「山桃花，紅灼灼，
鄰家出嫁你也哭。」
「酸棗樹，葉多多，

晴天開花不結果。」

「蕭蕭的相思樹結紅豆，
風來過，雨也來過。」
「扁豆開花兩頭都結果，
你有空就到山下來看我。」

（二）
「我趕牛到河裡去沐浴，
見了我為什麼還閃躲？」
「你不怕鄰居的小姑嘴薄，
編造歌兒當故事來傳說。」

「天外堆著些晚霞似火，
明兒天晴你要入山去放牧。」
「記住我在橋上趕牛過河，
你把籃兒提來一道兒去採芒果。」

　　這是一首十分美的新竹枝詞，作者用白話文字來寫作，每字均有
押韻，又有和聲，把全首詩貫連起來，最重要的是作者融入了巴、渝
之間的鄉土民歌特色，仿照民間情歌的調子，用男女贈達的方式來表
達彼此間的心意，舒暢的文字，合諧的節奏，鮮明的意象及情趣的內
涵，作者調和了古典和現代的表現技巧，的確讓人讀後有一種清新的
美感。又如詩人洛夫的〈床前明月光〉：

　　不是霜啊

而鄉愁竟在我們的血肉中旋成年輪

在千百次的

月落處

只要一壺金門高梁

一小碟豆子

李白便把自己橫在水上

讓心事

從此渡去

　　這首詩主要是在表達作者對故國家園思念的情緒，為了要把這種思鄉的愁緒揮去，詩人便借李白望月思鄉及投水的典故來自我嘲諷一番。所以在本詩的第一段就寫到：「而鄉愁竟在我們的血肉中旋成年輪／在千百次的／月落處」，當然這是作者在表示時間流逝的迅速，年年的加深，望月所引來的思緒是那樣的起伏與激烈，唉！不如借酒澆愁吧！這首詩的意象和構思不難看出是由古典詩中得到啟示，再加上詩人自己的構築與調和而寫成，這種古今融會創作的手法，的確是可以顯托出文學內涵另一層的表現美。

　　另外再讓我們來看看詩人羅青的〈床前的月亮〉：

月亮臥在窗前看我，看出神發呆的我

我臥在床前看他，看隱忍受苦的他

不談不談，不彈琴棋詩畫

不語不語，不與菸酒牌茶

我們彼此拜訪彼此關切

相憐相依相解相溶之情

絕非星期日曆，所能想像

我明白月亮時時想棄職變位的悲苦

他也了解我常常要變位棄職的苦悲

平平淡淡交往的我們，平淡得

如空氣和光線一般，既非空前亦非絕後

我知道這不是我，第一次看月亮

月亮也知道這不是他，最後一次看我

我不知道誰是，第一個看月亮的人

月亮也不知道誰是，他看到的

最後，一人

　　詩人羅青的這首詩也跟月亮有關，作者由望月而引出一些思考與推想，在詩作中作者運用了排比和重疊式的修辭技巧，比如：「不談不談／不彈琴棋詩畫／不語不語／不與菸酒牌茶」，又「我明白月亮時時想棄職變位的悲苦／他也了解我常常要變位棄職的苦悲」這樣的句型結構，可以增添詩中韻律的和諧；其次是作者在第二段有：「我知道這不是我／第一次看月亮／月亮也知道這不是他／最後一次看我／我不知道誰是／第一個看月亮的人／月亮也不知道誰是／他看到的／最後／一人」，這裡的意象內涵應該是從李白的〈把酒問月〉一詩中的「今人不見古時月，今月曾經照古人，古人今人若流水，共看明月皆如此。」脫胎轉化而來，當然古人的意象被作者的融攝後，而構創出了這樣一首頗具意境的作品。

　　其次我們再舉一首覃子豪的作品〈室內〉：

我封鎖自己於室中，而夢不休止

夢是一株繁開的忍冬花

當巴黎聖母院的鐘音驚落東方的一葉菩提

忍冬花的種子被南風

吹向法蘭西肥沃的海岸

有懷鄉病的浪子常在咖啡室中獨坐

坐一個有虹的早晨，坐一個無星的夜晚

且讚美不羈之流謫

而我坐於夢幻的室內

我的戀人踏著小步舞曲來了

她來自佛羅稜斯

她的裙上跳動著彩色的音符

從現代的畫廊引我至柏拉圖的城市

她不來時，我常常憂愁

　　這首是覃子豪（1912-1963）的作品，他從大陸來後，便一直任公職，在餘暇時常常寫詩創作，一九五四年與余光中等人創辦《藍星詩刊》，及出版《藍星詩周刊》，對臺灣新詩文學的推動有極大的貢獻！

　　在這首詩作者是以象徵的手法來表達其孤獨、懷鄉及戀情等複雜的心緒，比如第二段的「有懷鄉病的浪子常在咖啡室中獨坐／坐一個有虹的早晨／坐一個無星的夜晚」從有虹的早晨做到無星的夜晚，可見忍受寂寞時間的久長。

　　其次作者融會了東西方的意象於詩中，如「當巴黎聖母院的鐘音驚落東方的一葉菩提／忍冬花的種子被南風／吹向法蘭西肥沃的海岸」，又如「她來自佛羅稜斯／她的裙上跳動著彩色的音符／從現代的畫廊引我至柏拉圖的城市」，這些詩句都表達了不少西方的意象和象徵意義，其實他對戀人是無限的思念，但是那跳動的彩色音符並不

常出現，所以那秋緒還是無的！

　　從前面所例舉的詩作品分析來看，我們可以肯定地說在面向自由與多元化的未來，一篇文學作品，它已不能只有單面的取材了，在內涵或在表達的技巧上都需秉取中外文化融合而成，如果能夠這樣，那麼其作品在內涵意象上，一定是清新可讀，深邃傳神！

（二）不拘一格的形式

　　由於各位作者的經歷、生活、立意、構思及表達技巧的不同，所以在作品的風格特色上，也就高低有別，然而就現代詩方面而言，我們知道詩歌的語言最為純粹，講究意象、意境、音樂性、文字修辭等的表達技巧，如果沒掌握好這些技巧，即使有美好的意境，最後寫出來的也不一定是一篇成功的作品。以下就讓我們列舉一些風格比較特出的作品來看看吧！例如：白萩的〈流浪者〉

　　　望著遠方的雲的一株絲杉
　　　　望著雲的一株絲杉
　　　　　一株絲杉
　　　　　　絲杉
　　　　　　　在
　　　　　　　地
　　　　　　　平
　　　　　　　線
　　　　　　　上
　　　　　一株絲杉
　　　　　　　在
　　　　　　　地

<pre>
                平
                線
                上
他的影子，細小。他的影子，細小
他已忘卻了他的名字，忘卻了他的名字。祇
站著   祇佔著。孤獨
    地站著。站著。站著
              站著
        向東方。
          孤單的一株絲衫
</pre>

　　從詩的文字組織排列上，就可以很快地瞭解到作者是在自比作一棵杉樹，孤獨無依的流浪意象躍然紙上，然而其中最為吸引人的地方是它的繪畫性，一個浪人和一棵絲杉的對比，充分地表現出了由文字的排列而更突顯出流浪者的孤獨感。

　　又，如詹冰的〈雨〉一詩：

雨雨雨雨雨雨……
星星們流的淚珠麼。
雨雨雨雨雨雨……

雨雨雨雨雨雨……
花兒們沒有帶雨傘。
雨雨雨雨雨雨……

雨雨雨雨雨雨……

我的詩心也淋濕了。

雨雨雨雨雨雨……

　　這是詹冰所寫的一首屬於描繪雨天繪畫詩，從詩的組織上就可以看出，它所表現的意象十分顯明，而且是動態的，第一段「星星們流的淚珠麼」中，表示了一種稚趣的提問，第二段「花兒們沒有帶雨傘」，進而週遭事物的關懷，最後「我的詩心也淋濕了」一句，其實這是通過不同的意象之後，而回轉到自己的心象表述。

　　前面所舉的兩首作品，作者都十分注重詩的意象的經營和視覺形象的創造。在白萩的詩作中偶有以圖像來表達，而詹冰在形式的追求則更為重視，所以在臺灣的詩人中，以圖像的方式來表現也就成了他的代表特色。再說這兩首圖像詩，前一首在意象上是強烈地表達了一種孤獨之感，後一首則主要表示在下雨的情況下，心中所產生的心想，以及不同意象的呈現。

　　詩人的思維是不停，不論是觀察力或感受力都特別的深入敏銳，接著下來就讓我們來看看辛鬱的〈豹〉：

一匹

豹　在曠野之極

蹲著

不知為什麼

許多花　香

許多樹　綠

蒼穹開放

涵容一切

這曾嘯過
　　掠食過的
豹　不知什麼是香著的花
或是綠著的樹

不知為什麼的
蹲著　一匹豹

　　　蒼穹默默
　　　花樹寂寂

曠野
消失

　　這首詩和前面所舉的圖像詩又大不相同，〈豹〉這首詩可說是詩人辛鬱的名作。作者把自己比作豹，這首詩在用字修辭上都相當的凝鍊，全首詩的組織給人有一種緊密的張力感，再而作者在這當中也表達了一種內涵的象徵，以那隻蹲在曠野之極的豹，雖然速度快捷，天性剛烈，強悍，但是在現實世界中則默默寂寂毫無作為，當然這也是作者藉此以探索自己生命的奧秘的地方。

　　以下我們再來看看「創世紀」的成員，商禽所寫的〈長頸鹿〉，風格十分特出，它是一首在詩壇上傳唱不襲的傑作。

　　那個年青的獄卒發覺囚犯們每次體格檢查時身長的逐月增加都是在脖子之後，他報告典獄長說：「長官，窗子太高了！」而他得到回答卻是：「不，他們在瞻望歲月。」

仁慈的青年獄卒，不識歲月的容顏，不知歲月的籍貫；乃夜夜
往動物園中，到長頸鹿欄下，去逡巡，去守候。

　　商禽的這首〈長頸鹿〉和前面所舉的幾首詩的表現方式有顯著的
不同，它不分行，只有兩小段，還加上對話，所以十分特殊。這種特
殊的結構，在一般上都稱它為散文詩，然而，我們在細讀這首詩時，
可以感受到其中隱含著題外之意，囚牢中的囚犯是多麼地渴望自由，
企盼看到外面的世界，所以作者以長頸鹿來象徵他們拉長頸脖「瞻望
歲月」的企盼，同時在內涵上也具有強烈的社會現實感及反諷的意味。
　　從古典文學中，詩的寫作都有一定格式和規矩，如果不按照這些
規矩，即使寫出來，並不能算是一首合乎詩律的詩作，但是到了白話
文或現代詩流行的時代，表達的方式和技巧多元化，作者已不拘一格
而可隨自己的喜歡創作了，雖然如此，但是我們還是必須汲取古典文
學中的優點加以融會，這樣才能創造出更具特色和內涵的作品。

（三）自然與活潑

　　文學的表達方式是各有不同的，由此才能呈現出各種不同的文學
類型，在這裡我們要討論的是有關文學中的活潑與自然。其實文學本
來就是一種心靈、或感情的表述，文人常會在某種境遇中，感物吟
志、抒發心中所感，不論是喜、怒、哀、樂，當它訴諸文字時，這些
都可說是一種人間可愛的文學藝術。
　　首先我們例舉冰心的〈紙船寄母親〉來看看：

我從不肯忘棄一張紙，
總是留著──留著，
疊成一隻一隻小的船兒，

在舟上拋下在海裡。

有的被天風吹到舟中的窗裡，
　　有的被海浪打溼，沾在船頭上。
我仍是不灰心的每天的疊著，
　　總希望有一隻能流到我要他到的地方去。

母親，倘若你夢中看見一隻很小的白船兒，
　　不要驚訝他無端入夢
這是你至愛的女兒含著淚疊的，
　　萬水千山，求他載著她的愛和悲哀歸去。

　　這是冰心（1900-1999）女士的作品，題名為〈紙船〉，當時她寫作這首詩時，剛好準備乘船赴美的途中，在經過日本神戶，並順道遊覽了橫濱，這時作者在遠離家園，心中不免自然泛起了思念故鄉或家人的情緒，這對一位初次出次遠行的人來說，尤其強烈，如詩中「有的被天風吹到舟中的窗裡，／有的被海浪打溼，沾在船頭上。／我仍是不灰心的每天的疊著，／總希望有一隻能流到我要他到的地方去。」這裡作者流露出的是自然思情之情，詩中的小船就代表作者的細膩的心思，由於思念不斷，她也就不灰心地每天疊著，疊著小船，其實也就是在疊著心中之情，而在〈紙船〉中的紙船也鮮明地表示出了一種纖細且起伏掛念的流動意象，表達得十分貼切自然。
　　又如楊煥寫的〈家〉：

樹葉是小毛蟲的搖籃，
花朵是蝴蝶的眠床，

歌唱的鳥兒誰都有一個舒適的巢，

辛勤的螞蟻和蜜蜂都住著漂亮的大宿舍。

螃蟹和小魚的家在藍色的小河裡，

綠色無際的原野是蚱蜢和蜻蜓的家園。

可憐的風沒有家，

跑東跑西也找不到一個地方休息，

漂流的雲沒有家，

天一陰就急得不住地流眼淚。

小弟弟和小妹妹最幸福哪！

生下來就有了媽媽爸爸給準備好了的家，

在家裡安安穩穩地長大。

　　楊喚（1930-1954），是一位「天才」詩人，我們在讀他的作品時，可以感受到一種自然、天真的氣息，這種自然流暢，又不著痕跡的表達藝術，展現出了詩人高度的才思和智慧，前面所舉的〈家〉這首作品就是一個很清楚的例子。

　　又如綠原的作品〈小時候〉：

小時候

我不認識字

媽媽就是圖書館

我讀著媽媽

有一天

這世界太平了

人會飛

小麥從雪地裡出來
錢都沒有用……

金子用來做房屋的磚
鈔票用來糊紙鶴
紙幣用來飄水紋……

我要做一個流浪的少年
帶著一只鍍金的蘋果
一只銀髮的蠟燭
和一隻從埃及國飛來的紅鶴
旅行童話
去向糖果城的公主求婚……
但是
媽媽說
現在你必須工作。

詩人綠原，原名劉仁甫（1922-2009），他是「七月派」的成員之一，他的詩作品風格和楊喚的很接近，都是屬於一種自然、童趣的特色，讀他們的作品猶如進入到一個美麗、可愛又活潑的童話世界一樣。比如這首〈小時候〉，開始是寫幼年時作者從母親那裡瞭解世界，「我不認識字／媽媽就是圖書館」，接著於是展開了想像的翅膀，「一個流浪的少年」、「一只鍍金的蘋果」、「一只銀髮的蠟燭」、「一隻從埃及國飛來的紅鶴」、「去向糖果城的公主求婚……」等，一連串的幻想美麗世界，當到了詩的末尾部分，詩人文筆一轉，「媽媽說／現在你必須工作」，回到了現實，「小時候」的幻想結束，詩人也只好朝向多

艱的現實人生走去。

　　詩是一種表達心靈、感情和作者心想的語言，在〈詩大序〉中就有這樣的一段文字說：「詩者，志之所之也，在心為志，發言為詩，情動於中而形於言，言之不足，故嗟嘆之，嗟嘆之不足，故永歌之，永歌之不足，不知手之舞之，足之蹈也。」這段文字，大致把詩的內涵表達了出來。但是新詩與舊詩則稍有不同，它是用白話文字來表達的，其所重視的是間接的表現，也就是所謂的「想像」，然而詩又不僅是「想像」而已，我們知道「想像」必須藉著音樂的語言，才能表現成詩，除了還要有弦外之音、言外之意，這樣才耐人尋味，才讓人在鑑賞時感受到詩的意涵深邃，境界高遠！

　　從前面的介紹及分析的詩作品來看，詩人的想像是靈動的，觀察是敏銳的，詩心是純潔的，所以展現在文字上的自然就充滿了活潑、天真的氣息了。

二　文字修辭、豐約入微──談散文的語言美

　　在還沒有進入本題之前，或許你要問，散文是什麼？這個問題在各散文作家或理論家的看法都不太一致，如果就邱燮友和方祖燊兩位教授合著的《散文結構》一書所說：「普通一般的傳記、記物、寫景、敘事、抒情、說理、議理，應用的文章，能夠做到辭達意舉，明晰精采，能夠充分表現出作者的觀點看法也就夠了。」[2]這可說是散文的廣義權勢和定義，其次又如季薇在《散文研究》中也說：「比較仔細一點說，散文不是散文，也不是四六句對偶的駢文，尤其是現代的散文，造句用字，長短參差，隨意排列，朱自清先生管它叫做『自由的

2　方祖燊、邱燮友：《散文結構》（臺北：蘭臺書局，1970年）。

散行文字』，可見散文是不注重格律，活活潑潑，充分有著彈性。」[3]
在這裡雖點出散文的特性，但並未明確地介分其類型和涵義。然而就
散文的文類及內涵方面，鄭明娳教授在《現代散文類型論》中有明確
的提到，她說：「在文學的發展史上，散文是一種極為特殊的文類，
居於『文題之母』的地位，原始的詩歌、戲劇、小說，無不是以散行
文字敘寫下來。後來各種文體個別的結構和形式要求逐漸生長成熟且
逐漸定型，便脫離散文的範疇，而獨立成一類文類，現代散文亦復如
此，所以，我們可以說，現代散文經常處身於一種殘留的文類。也就
是，把小說、詩、戲劇等各種已具備完整要件的文類剔除之後，剩餘
下來的文學作品的總稱，便是散文。」[4]雖然如此，散文的寫作或應
用，或其他任何文類的發展上，它還是一個重要的基本根源。

　　散文在文學作品中可說是藝術的一種，那它必須是美的，散文自
從四六、八股的格律中解脫出來以後，它已是一種自由活潑的文體，
由於它的自由活潑，所以要把散文寫好，或表達得自然無滯礙，那並
不是一件容易的事，以下就讓我們來看看各家們在散文表達技巧上如
何展現自己的特色與風格。

（一）自然樸實

　　散文雖有「文類之母」的角色，可是散文這種文類卻沒有獨立、
清楚的面目，然而在人類日常生活中不宜用其他文學品類來說明或反
映的，卻可以用它來表現，然而在表現中能吸引人又富有深意，則非
高超的寫作技巧不可，例如梁實秋的〈聽戲〉中的一段：

3　季薇：《散文研究》（臺北：益智書局，1966年），〈淺談散文〉。
4　鄭明娳：《現代散文類型論》（臺北：大安出版社，1992年），第三節〈現代散文的涵
　　義〉。

聽戲，不是看戲。從前在北平，大家都說聽戲，不大說看戲。
這一字之差，關係甚大。我們的舊制究竟是以歌唱為主，所謂載
歌載舞，那舞實在是比較的沒有什麼可看的。我從小就喜歡聽
戲，常看見有人坐在戲園子的邊廂下面，靠著柱子。閉著眼睛，
凝神危坐，微微的搖晃著腦袋，手在輕輕的敲著板眼，聚精會
神的欣賞那臺上的歌唱，遇到一聲韻味十足的唱，便像是搔著
了癢處一般，從丹田裡吼出一聲「好！」若是發現唱出了錯，
便毫不容情的一聲倒好。這是真正的聽眾，是他來維繫戲劇的
水準於不墜。當然，他的眼睛也不是老閉著，有時也要睜開的。

生長在北平的人幾乎沒有不愛戲的，我自然亦非例外。我起初
是很怕進戲園子的，裡面的人太多太擠，座位太不舒服。記得
清清楚楚，文明茶園是我常去的地方，全是窄窄的條凳，窄窄
的條桌，而並不面對舞臺，要看著臺上的動作便要扭轉脖子扭
轉腰。尤其是在夏天，大家都打赤膊，而我從小就沒有光脊梁
的習慣，覺得大庭廣眾之中赤身露體怪難為情的，而你一經落
坐就有熱心招待的茶房前來接衣服，給一個半劈的木牌子。這
時節，你環顧四週，佰是一扇一扇的肉屏風，不由你不隨著大
家而肉袒。前後左右都是肉，白晰晰的，黃澄澄的，黑黝黝
的，置身其間如入肉林。（那時候戲園裡的客人都是男性，沒
有女性。）這雖頗富肉感，但決不能給人以愉快。戲一演便是
四五鐘頭，中間如果想要如廁，需要在肉林中擠出一條出路，
擠出之後那條路便翕然而闔，回來時需要重新另擠一條進路。
所以常視如廁為畏途，其實不是畏途，只有畏，沒有途。

梁實秋先生在文中描述了北平聽戲的情況，大家凝神危坐，搖晃

著腦袋，專心聽戲，以及戲園子擁擠，加上夏天悶熱，大家打赤膊的情狀，文字自然寫來，十分簡明，然而一種樸實趣味的戲園場景卻栩栩如生地呈現眼前。

又如朱自清的〈白水漈〉一文：

幾個朋友伴我遊白水。

這也是瀑布；但是太薄了，又太細了。有時閃著些須的白光；等你定睛看去卻又沒有——只剩一片飛煙而已。從前有所謂的「霧縠」，大概就是這樣了，所以如此，全由於岩石中間空了一段；水到那裡，無可憑依，凌空飛下，便扯得又薄又細了。當那空處，最是奇跡。白光嬗為飛煙，已是影子；有時卻連影子也不見。有時微風過來，用纖手挽著那影子，它便裊裊的成了一個軟弧；但她的手才鬆，它又像橡皮帶兒似的，立刻伏伏貼貼的縮回來了。我所以猜疑，或者另有雙不可知的巧手，要將這些影子織成一個幻網。——微風想奪了她的，她怎麼肯呢？

幻網裡也許織著誘惑；我的依戀便是個老大的證據。

這篇〈白水漈〉並不長，可是作者卻能抓住白水漈的「薄」、「細」，以平實的文筆描述了飛卷的瀑布「細」得如白光閃耀，接著再寫「薄」得如一步飛煙的特點，然後再將兩者交織錯綜加以描繪，讓人對白水漈的「薄」和「細」的成因有了一個立體的感受；其次作者在描寫微風時，則以女孩子的纖手挽著那影子，裊裊的成了一個軟弧似的來形容，用字遣詞自然樸實，卻十分生動，給人一個深刻的印象！

又如老舍的〈養花〉中的一段：

不過，儘管花草自己會奮鬥，我若置之不理，任其自生自滅，它們多數還是會死了的，我得天天照管它們，像好朋友似的關切它們，一來二去，我摸著一些門道：有的喜陰，就別放在太陽地裡，有的喜乾，就別多澆水，這是個樂趣，摸住門道，花草養活了，而且三年五載老活著、開花，多麼有意思呀！不是亂吹，這就是知識！多得些知識，一定不是壞事。

在中國現代文學界，老舍不但是名小說家，同時也是散文高手，他在這篇文章中描述了養花的經驗和心情，寫得自然樸實，全文不是憑藉什麼宏偉的結構或華贍的文字，卻深刻地反映了平日的生活情趣。

簡潔，自然樸實的語言，這對散文來說應是一種美，而這種美是所有作家們所想要追求的境界。其實讀一篇樸實無華，流暢自然的文學作品，就好像在觀賞一位不施加脂粉，天生麗質的美人，或請啜一杯味道純正的清茶一樣的教人回味無窮！

（二）細膩酣暢

在文學作品中，散文應該算是情感最真誠、最細膩、最酣暢以及最自然的一種文類了，它在文字上不算長，所表現的內容都是作者本人所見、所聞或所感，作品中作者的感情佔了主要的成份。如琦君的〈母親的書〉其中的一段：

母親當然還有其他好多書，像花名寶卷、本草綱目、繪圖列女傳、心經、彌陀經等的經書。她最最恭敬的當然是佛經。每天點了香燭，跪在薄團上念經。一頁一頁的翻過去，有時一卷都唸完了，也沒看她翻，原來她早已會背了。我坐在經常左角的書桌邊，專心致志地聽她念經，音調忽高忽低，忽慢忽快，卻

是每一個字唸的清清楚楚，正正確確。看她閉目凝神的那份虔誠，我也靜靜地坐著一動不動。唸完最後一卷經，她還要再念一段像結語那樣的幾句。最末兩句是「四十願八度眾生，九品咸飲登彼岸。」唸完這兩句，母親寧靜的臉上浮起微笑，彷彿已經度了終身，登了彼岸了。我望著燭光搖曳，爐煙繚繞，覺得母女二人在空蕩蕩的經堂裡，總有點冷冷清清。

這裡琦君寫出了媽媽喜歡讀書，其中除了像黃曆，隨時取用翻查，萬事細心，除此之外，她還看其他的書，花名寶卷、本草綱目、繪圖列女傳，以及心經、彌陀經等，而其中對佛經特別恭敬，每天必點香燭，頂禮念經，小時作者聽母親念經，誦經完畢後母親的寧靜微笑，以及經堂裡的爐煙繚繞，蕭穆自然，文字間真摯、細膩地表達了母女間的感情。

又如林文月的〈賣花女與其它〉中的部份：

我已經不記得第一次見到賣花女是在什麼時候了。不過，這條道路修成已歷數年，我與她相遇，或者竟也有數年的時間了吧。雖然我未必每天經過那個地方，但每經過時，幾乎無一次不見到她。風雨無阻。有時她裹在厚大衣或塑膠雨衣裡哆嗦著，有時則在烈陽下戴一頂寬邊帽，臂上套了一雙日用的護臂套子。往往做出一種職業性的微笑，偶爾也見過她木然無表情的表情，趁著紅燈亮起的時候，穿梭於各種車輛間，向開車的人兜售盤中的花朵。

無論陰晴風雨，買花的人並不多。我觀察過，常常是計程車司機向她買花，尤其空車無乘客的時候。猜想，可能是基於同情

憐憫的心理，也或許是吊一串玉蘭花在後視鏡下，便讓滿車幽香陪伴辛勤的駕駛生活吧？有時也會有其他男女駕駛人急搖下車窗，迅速取走花，遞給她一個銅板或一張十元鈔票。而我，是屬於不向她買花的人。

我觀察不買花的自己，似乎冷漠無情毫不具人類惻隱之心，但只有我自己明白，內心時常充滿了矛盾，甚至是隱隱作痛的。

這段文字是作者寫她在道路終點，或十字路口一帶，時常見到兜售玉蘭花的女孩，作者的細心觀察，以及在心中所泛起的惻隱之心，文筆自然，絲毫不做作，同時也表述了那賣花女的為生活奮鬥的精神。

其他如子敏的〈一間房的家〉中的一段：

新婚之夜，我們聽到鄰居在炒菜，衖衖裡兩部三輪車在爭路，宿舍裡的同事在談論電影、宴會、牌局和人生。我們慘淡的笑一笑，知道房子太小，環境太鬧，此後將永遠不能獲得我們夢寐中所祈求的家的溫馨和寧靜，但是我們沒有怨恨。即使它只是一個小小的薄紙盒子，我們兩個人總算能夠在一起了。

我們要做飯，就在公共宿舍的籬笆旁邊搭了一個更小的廚房，像路邊賣餛飩的小攤子。我們在那邊做飯，端到臥室來吃，這樣就解決了生活問題。我們有錢的時候，買兩根臘腸，幾塊錢叉燒，在煤油爐上熱一熱，就放在書桌上相對細嚼。我們在鬧聲裡找到只有我們兩個人感覺得到的寧靜，我們的耳朵也學會了關門。

在新婚之夜，連鄰居在廚房的炒菜聲，馬路往來的三輪車，或宿舍同事的聊談說話聲都可聽到，這表示了當時作者的住所極為窄小簡陋，雖然如此，但作者並無怨，而且住得還蠻愜意的，這說明了彼此的能容忍與體諒，再而雖然廚房克難，但兩人都樂在其中，有自己的天地，就連耳朵也學會了關門，懂得怎樣擁有一份屬於自己的寧靜，文字暢然，意涵幽默。

散文講究感情的抒發，有誠摯的感情，表達出來的文字必定感人至深，雖然詩歌也講感情，但它是要經過意象的轉化，或句式的不同結構，所以在表達上就沒有散文那樣的直接或細膩。就前面所舉的各篇看來，便會有一個很清楚的認識，不論是在描述母親喜歡的書，或賣花女的表情，或自己對賣花女的某種矛盾的心理反應等，都可感受到作者的真情流露以及細膩酣暢的情感之美。

（三）聲情並茂

在前面已談到，散文的篇幅不長，其特點是短小精悍，而主要的表現在內容的構思與裁剪，以及語言的運用與表現，在文字上求精鍊，樸實無華，再而如果也能注意到和諧的節奏感，參差的變化，疏密緩急的交替等幾個層次的話，那麼所創造出來的作品應該是篇聲情並茂的傑作了。以下就略舉數例以作參考。例如俞平伯的〈槳聲燈影裡的秦淮河〉中的兩段：

> 又早是夕陽西下，河上妝成一抹胭脂的薄媚，是被青溪的姐妹們所薰染的嗎？還是勻得她們臉上的殘脂呢？寂寂的河水，隨雙槳打它，終是沒言語，密匝匝的綺恨逐老去的年華，已都如蜜餳似的融在流波的心窩裡，連嗚咽也將嫌它多事，更哪裡論到哀嘶。心頭，婉轉的淒懷；口內，徘徊的低唱，留在夜夜秦淮河上。

……

時有小小的艇子急忙忙打槳，向燈影的密流裡橫衝直撞。冷靜
孤獨的油燈映見暗淡淡的畫船頭上、秦淮河姑娘們的靚妝。茉
莉的香，白蘭花的香，脂粉的香，紗衣裳的香……微波氾濫出
甜的暗熏，隨著她們那些船兒蕩，隨著我們的船兒蕩，隨著大
大小小一切的船兒蕩。有的互相笑語，有的沉默不響，有的襯
著胡琴亮著嗓子唱，一個，二兩個，五六七個，比肩並坐在船
頭的兩旁也無非多添些淡薄的影子葬在我們的心上 —— 太過
了，不至於罷，早消失在我們的眼皮上，不過，同是些女人
們，你能認識那一個的面龐？誰都是這樣急急忙忙的打著槳，
誰都是這樣向燈影裡的密流裡衝著撞；又何況沉淪的她們，又
何況飄泊慣的我們倆。當時空空的醉，今朝空空的悵惘。……

在這裡作者詳細地描寫了夕陽西下的秦淮河，以及在那裡的人們
的生活情狀，河上少女們的靚妝，船兒的輕蕩，縹緲輕迴的樂曲，多
麼的扣人心弦，文字柔婉細膩，達到了有聲亦有情的互相交融；再而
作者更用了疊句、排比等句式，這些可說也增加了文章的音律美。

讀了俞平伯的〈槳聲燈影裡的秦淮河〉之後，接下來讓我們來欣
賞詩人余光中寫的散文〈沙田山居〉中的部份：

海圍著山，山圍著我。沙田山居，峰迴路轉，我的朝朝暮暮，
日起日落，月望月朔，全在此中度過，我成了山人。問余何事
棲碧山，笑而不答，山已經代我答了。其實山並未回答，是鳥
代山答了，是蟲，是松風代山答了。山是禪機深藏的高僧，不
輕易開口的。人在樓上倚欄杆，山列坐在四面如十八尊羅漢疊
羅漢，相看兩不厭。早晨，我攀上佛頭去看日出，黃昏，從聯

合書院的文學院一路走回來，家，在半山腰上等我，那地勢，
比佛肩還要低，卻比佛肚要高些。這時，山什麼也不說，只是
爭噪的鳥雀洩漏了他愉悅的心境。等到眾鳥棲定，山影茫然，
天籟便低沈下去，若斷若續，樹間的歌手才歇下，草間的吟哦
又四起。至於山坳下面那小小的幽谷，形式和地位都相當於佛
的肚臍，深凹之中別有一番諧趣。山谷是一個愛音樂的村女，
最喜歡學舌擬聲，可惜太害羞，技巧不很高明。無論是鳥鳴犬
吠，或是火車在谷口揚笛路過，她都要學叫一聲，落後半拍，
應人的尾首。

　　余光中是詩人，同時也是散文家，在文字上的處理上豐約凝鍊，
意境雋永；這裡雖然是沙田山居，但內涵卻十分脫俗。再而就是介紹
山區間的朝夕氣象變化，以及作者生活其間的樂趣，山樹、眾鳥、松
風等在作者筆下無不成了一篇優美合諧的樂章。
　　其次又如方瑜的散文〈看鏡〉中的一段：

校園裡幾棵楝樹，風過處，落一地紫，一個個具體而為的小十
字，鋪上柔綠春草。細雨流光，春露瑩然的草坪，細看也不是
純綠，早已開滿黃白紅紫各色草花，點點星星，濃淡淺深，真
像洗過畫筆，隨手甩了一下。

杜鵑當然照舊理直氣壯開成一片花海。這些以多取勝的「校
花」，雖不耐獨看、細看，但約好了一起開起來，實在氣勢奪
人，由不得人不看。那樣年輕的生命，那種毫不在乎、縱情潑
灑的率性，那股豐盈昂奮的力，真是不能輕忽。如許日久年深
的杜鵑叢，和「山坡上、小溪旁」稀稀落落三兩株，不可同日

而語。家中樓下鄰人，種了幾株杜鵑，這些日子也滿樹紅白，但看來就是單薄，無論如何沒有校園中開得如海如濤的氣勢，所謂「集小不勝而為大勝」，杜鵑似乎深明此理。

散文特別講究真美，或側重表現個性的感受，就像前面所摘舉的這段文字來看，作者寫校園中爭相鬥妍的杜鵑花，聲勢是奪人的，尤其是它那股豐盈昂奮的生命力，是輕忽不得的，作者在文章中已把杜鵑擬人化了。再而在文字的運用上，多以顏色的文詞，或疊句，或單對以作比喻與寄託，這些都能鮮明淋漓地把春天的聲音活潑的傳現到讀者的眼前。

散文這種文類的表達技巧的確是多樣，但是首先要能夠「意之所隨」和「言能盡意」是為最重要的，當然這也屬於散文的藝術表現，就一篇文章而言，不能不注意「立意」，而這裡所說的「意」，也就是散文作品的靈魂或內涵，至於其次的「言」所指的則是表情達意的工具，那自然就是文字了，文字修辭，謀篇結構，象徵比喻等方面則必須藉諸文字，及作者的才思，這樣方能達到景物、聲情，交融並茂的境地。

（四）赤裸至情

就我國散文的傳統來看，散文這種文類，大致是講究「實錄」，強調寫實而不寫假，就像李密的〈陳情表〉、蘇軾的〈前赤壁賦〉，或韓愈的〈祭十二郎文〉等都是真情不假，讀後令人動容，同樣至於現代散文自五四新文學運動後，從文白交雜，到現代思潮的融入，觀念的改變，技巧的講究，風格形式的突出等都可以明顯的看出來，而這種不同的表現，或許也應該說是散文的一種表達藝術或美學吧！

例如：林文義在〈千手觀音〉中有一段：

偏僻而破落的小街，許多仍是民初遺下的舊式老屋。我側身走
過的時候，從兩扇斑駁的木門之間，瞥見幽深陰暗的屋裡角
隅，靜立著幾尊稍具形態的檀木塊；在暗淡的，令人感到窒悶
的空間裡，隱約的，透著一種古老的幽香。再過去，光線變得
忽然亮了起來，我紆視線投注而去，才發現那是一處天井投下
的天光，有一口長滿苔痕的井，以及井畔，一隻呵欠連連的虎
斑貓。

在這滾滾的紅塵，竟有著這麼一條偏僻而古老的小街，民初的
磚瓦屋，木質鏤花的窗櫺，以及小街盡頭，那片喧嘩而發亮的
海。而這條小街，彷如是夢裡才能存在的，它那種異常寧謐而
古老的美，竟深深地震撼著我。多年以來，我的眷愛一直繫身
在這濱海的小鎮，它那荷蘭式的老建築；夕照裡，動人的海
灣、如畫般的舢舨。……

在這裡作者雖然是描述所見的實際場景，但是他從偏僻、破落的
小街，舊式的老屋，一直到幽深陰暗的屋裡幾尊稍具型態的檀香木塊
的幽香吸引了作者的好奇探看，那古老小街，一種靜謐而古老的美，
深深地震撼著作者，文字平實地寫來，把舊老小巷的特色與外面喧嘩
的世界，不論是人、事、物都作了實際的表達，也因此引起了我們對
時代的變遷，歷史點滴的回想與感嘆。

其次又如胡臺麗的〈他鄉我鄉〉中的一段：

大肚臺地上的紅土揚起，由車窗吹入，紛紛灑在我的頭上、身
上——我像是，不，我確是一個又喜又懼的新娘，坐在前往婆
家的「禮車」中。

喉嚨哽咽了，眼前也幻起了水霧，甘蔗田像在水中晃盪。有那一個禮堂鋪的紅氈比這片紅土更厚實？有那個婚禮的彩紙煙霧比隨風舞起的應沙更真切動人？車上的鄉民操著我不熟悉的言語，但他們磊落的、毫無戒備的言笑聲傳入我的耳裡卻比什麼聖樂都美妙。

穿過大肚山麓的一個小市集，視野像卷軸一般鋪展開來。這幅清雅秀麗的稻作農村圖中最醒目的是生機盎然的「綠」。田園詩人的吟詠只能給我朦朧的美感，我一直渴望體驗真實的農村生活。這夢想眼看著就要實現之際，我卻懷疑自己走入畫中。

「快看！溪對岸右手邊的那一長條房舍就是我們的村子了。」他的聲調透著遊子返鄉的欣喜。
這也是我的村子？我熱切地望著它，想在一瞬間由陌生轉為熟稔。

社區計畫為這村子鋪了水泥路面，兩旁種了幾株營養不良的棕櫚，還有一座涼亭，油漆已剝落。兩頭大白鵝悠哉遊哉地從我們面前搖擺而過。

在這裡作者寫出嫁到鄉下時的情景，車子經過農村、稻田、大肚山麓市鎮、鄉民的言語、社區的發展等都是現況所見描寫，在踏實的文字中同時也隱含了作者赤裸地表達對這塊土地的感情與熱愛。

前面所舉的兩則例文中不難看出作者，不論是對社會、城鄉、環境等都有無限的深情與熱愛的表達。又如許達然的〈榕樹與公路〉一文中的一段：

榕樹更寂寞了，忍得住寂寞也受得了殘酷，有輛轎車曾貿然駛來撞、車翻人死，它仍挺著粗壯的身體貼著，然而外人卻不讓它生存，聽說計畫築路，榕樹擋路要砍除，我們就都趕回到它身邊，長輩們仍商討著如何挽救：大家不反對築路，但堅持保存榕樹。它不像臺北街上那些被剪裁的年輕榕樹可隨便移植，它的根已深入泥土。我們的泥土已是榕樹的故鄉，故鄉的榕樹比居民還執著，居民為了生活，很多已遷移，回來共同認識的只有榕樹。榕樹沒被附近工廠的二氧化碳醺死，竟計劃要除掉，該除的不除，不該掉的卻要掉，大家都很憤慨。

首先我們在許達然的文字中可以發現，他在遣詞風格上與前輩作家們在文字運用上已有迥然不同的地方；其次在內容方面也表達得非常直接和赤裸，偏向關注社會問題，且兼具某種程度的諷刺與批評色彩，從前面所舉的許文義、胡臺麗以及其他未在文中列舉的散文作家，如洪素麗、阿盛、龍應臺、陳煌、陳克襄等都有相近的風格，這種赤裸關注社會與環境的文章，近些年來特別受到重視，因為它猶如一面鏡子，反映出了社會另一陰暗的角落和問題。

（五）寧靜清涼

由於臺灣現代文學發展到九○年代前後，它雖然承前現實主義發展而來，但是由於大環境的日漸變化，民眾價值觀與心理認知的不同，藝術觀點的不斷提昇，因而對文學也有了不同的渴望與需求，比如表達個人意願或對社會環境淨化等意見之提出，這些都成了散文寫作的題材；其次由於經濟文化轉型，生活理想自由化，在這樣的一種社會情形下，人們每天要面對的是突如其來的生活刺激與挑戰，於是心理上已大大地超越了原來舊有不變的模式，所以在心理上就難免要

產生一種心緒的不安現象，為了紓解這種無形的心理壓力，唯一的只好追求超脫；然而要走向超脫，無形中就想到了宗教。宗教講精神領域的安寧、心理的淨化，於是一種宗教內涵的文學作品就受到了歡迎而流行起來。例如林清玄的〈人骨念珠〉中的一段：

> 人就是最美的蓮花了，比任何花都美！佛經裡說人往生西方淨土，是在九品蓮花中化生。對我們來說，西方淨土是那麼遙遠，可是有時候，有某些特別的時候，我們悲憫那些苦痛的人、落難的人、自私的人、痴情的人、愚昧的人、充滿仇恨的人，乃至於欺凌者與被欺凌者，放縱者與沈溺者，貪婪者與不知足者，以及每一個不完滿的人不完滿的行為……由於這種悲憫，我們心被牽引到某些心疼之處，那時，我們的蓮花就開起了。
>
> 蓮花不必在淨土，也在卑濕污泥的人間。
> 如淚露水，也不一定為悲憫而流，有時是智慧的光明，有時只是為了映照自己的清淨而展現吧！
>
> 在極靜極靜的夜裡，我獨自坐在蒲團上不觀自照，就感覺自己化成一朵蓮花，根部吸收著柔和的清明之水，莖部攀緣脊椎而上，到了頭頂時突然向四方開放，露水經常在喉頭涌起，沁涼恬淡，而往往，花瓣上那悲憫之淚就流在眉輪的地方。

　　讀完這段文字後給人的感覺是清新，淨化與淡雅，打從心底泛起一圈圈悲憫的漣漪，只要我們能有一份慈悲之心，那麼光明就會在前方寧靜地閃現。
　　又如簡媜的〈美麗的繭〉中的一段：

讓世界擁有它的腳步，讓我保有我的繭。當潰爛已極的心靈再不想作一絲一毫的思索時，就讓我靜靜回到我的繭內，以回憶為睡榻，以悲哀為覆被，這是我唯一的美麗。

曾經，每一度春光驚訝著我赤熱的心腸。怎麼回事啊？它們開得多美！我沒有忘記自己睜在花前的喜悅。大自然一花一草生長的韻律，教給我再生的秘密。像花朵對於季節的忠實，我聽到杜鵑顫微微的傾訴。每一度春天之後，我更忠實於我所深愛的。

如今，彷彿春已缺席。突然想起，只是一陣冷寒在心裡，三月春風似剪刀啊！有時，把自己交給街道，交給電影院的椅子。那一晚，莫名奇妙地去電影院，隨便坐著，有人來趕，換了一張椅子，又有人來要，最後，乖乖掏出票看個仔細，摸黑去最角落的座位，這才是自己的。被注定了的，永遠便是注定。突然了悟，一切要強都是徒然，自己的空間早已安排好了，一出生，便是千方百計要往那個空間推去，不管願不願意。乖乖隨著安排，回到那個空間，告別繽紛的世界，告別我所深愛的，回到那個一度逃脫，以為再也不會回去的角落。當鐵柵的聲音落下，我曉得，我再也出不去。

「繭」本來是一種束縛的東西，但是在這裡作者則是以美麗的繭來作為表達的內涵，主要的是指出人生命定，要能自我滿足，讓自己靜靜的回到繭內，去回憶一切，這也就是唯一的美。人生要懂得享用自己所擁有的，不要去追逐，或要求那些無法得到的東西，再而文中也表達了人生如繭的意蘊，頗耐人尋味。作者以詩化的文字來描述，

或比喻、或暗示，給人有一種淡淡的朦朧之美。

　　散文的文字修辭，以及用字遣詞的技巧要變化，從前面我們所舉各類型的文例便可明顯的看出來。於是我們可以這樣說，散文的發展類型已經改變過去題材的劃一，從內容偏重家鄉景物的思念，而朝向社會田園、生態環境、心靈淨化、生活藝術等各大方向發展。除此之外，散文的寫作技巧與藝術方面也較前更為新穎與突破，有的是自然樸實，極富生活情趣，有的細膩酣暢，內容感人，有的聲情並茂，猶如優美的樂章，有的赤裸至情，呈現諷刺與批判的色彩，有的寧靜清涼，面對急速變遷的社會，精神負荷過重，而有另尋一種紓解的空間等，因而這種多面向的散文類型發展，也可以說是一種文學多元美的表現吧！

三　求變求新，結構突出──談小說的藝術美

　　臺灣小說的發展，如果從五○年代開始考察，當時常在報刊雜誌上發表作品的作者，大部分是隨政府遷臺的軍中作家，其中如：司馬中原、朱西甯、段彩華、王藍、彭歌、謝冰瑩及潘人木等人，他們在小說的創作都有斐然的成績。

　　後來進入到六○年代以後，一批在唸書的大學生開始籌設出版文學刊物，例如白先勇、王文興、歐陽子等人主持並出版《現代文學》，作者群大部分為年輕文學院的學生，觀念開放，見解突出，文學的題材已明顯地突破了五○年代的文學內容與格局，而這一新的文學風氣（由保守朝向開放發展），把臺灣當時小說的發展推前了一大步！

　　當新起的風氣吹到七○年代時，一批本省籍的青年作家在文壇上相繼而起，大量地發表作品，受到大家的矚目，例如黃春明、陳映真、王禎和、楊青矗、季季、洪醒夫、七等生、李喬和宋澤萊等，他

們的作品大部分都有自己的風格，反映時代社會的現實，並且努力開拓鄉土題材，對一些中下層社會的民眾有較深入的描寫，可以說強烈地對自己的社會與鄉土表達了疼惜與愛護。

從七〇年代邁入到八〇年代，臺灣的經濟已蓬勃發展，社會生態也有了很大的不同，同時人們的想法與渴望也隨之提高，在這樣急速變遷的情況下，小說家們除了堅守寫實主義立場外，於是更應開拓自己的寫作內涵與路線，所以，無庸諱言，作家所寫的小說也較前多樣，普通除了長篇、中篇、短篇之外，更有小小說，或極短篇等類型的小說出現。

當進入到八〇年代，執政黨宣佈解嚴，開放黨禁報禁及大陸探親等主張，臺灣社會面臨極大的變革，同樣地文學界也受到了衝擊，文學刊物，有的復刊，有的創刊，園地大量增加，年輕的作家及優秀的小說作品紛紛產生，其中尤值一提的是，女性作家輩出，例如朱天文、蘇偉貞、廖輝英、蕭颯、郝譽翔及曾心儀等，她們的作品內涵已較前輩女性作家更具獨立看法及女性意識，批判色彩也較濃，這樣的一種文學特色，在五、六〇年代是很少看到的，而這種赤裸直接的聲音，應該可以說是代表新世紀廣大女性的心聲吧，至於男性作家則有：張大春、楊照、田雅各（本名拓拔斯）、鍾鐵民、吳錦發及履彊等。臺灣經濟蓬勃發展，社會日漸轉型，都會生態也與過去相異，在這樣變革的情形下，田園、農林已漸失落，環境污染日重，人們的價值觀丕變，於是，鄉土作家針對這種社會現象，深入體認後，作為寫作的題材，小說內涵頗富當代社會的意識觀及濃厚堅實的鄉土情感。

對臺灣小說約略有個認識後，接著下來就讓我們分四個階段來考察有關臺灣小說在結構內涵及其藝術上的特色。

（一）匯流與結合

　　五〇年代的臺灣文學不論是詩歌、散文或小說等的內容與主題都偏於懷鄉或回憶，當時的作家有來自政界，或軍中，也就是說他們一面服務於政界、軍中的同時，也是文學的創作者，例如政界的尹雪曼、王藍、陳紀瀅、姜貴等；至於軍中則有司馬中原、朱西甯、段彩華、高陽、田原及姜穆等，他們在文壇上有一定的貢獻，作品也頗受好評。然而由於當時社會及現實等因素，所以他們在作品內容的寫作上則多以反共為主軸，就以姜貴而言，在其著作中，以反共作為主題者，則有《旋風》、《重陽》和《白馬篇》。如《旋風》的內容則是在描述作者在大陸老家山東諸城，也就是膠州灣附近所發生一姓方大家族的興衰情形，而其中又穿插了日本駐軍，共產黨勢力互為滲透的複雜關係，而至於《重陽》則是描寫北伐戰爭時間，「寧漢分裂」的一些內幕故事，同時也是在說明和分析當時在大陸武漢地區共產黨如何設計奪取政權的陰險手段。

　　其次又如陳紀瀅，他是一位老牌作家，早在大陸期間就已成名了，在一九四五年他曾在重慶出版了長篇小說《新中國幼苗的成長》，來臺後仍繼續創作，著作無數，其中也寫了一些反共小說，如《赤地》、《華夏八年》和《荻村傳》等，而《荻村傳》最為出色。這部小說是在描寫一個典型的二流子性格的農民——傻常順一生的曲折悲歡故事，其中揭發了農民的悲劇下場是共產黨所導演的結果，文筆老練，小說組織結構嚴密。

　　再而又如潘人木，她有著《婦夢記》、《哀樂小天地》兩部短篇小說，又長篇小說《蓮漪表妹》、《馬蘭自傳》等。其中《馬蘭自傳》為一部反共小說，作者是描寫女知識青年程馬蘭和男知識青年萬同的戀愛故事，小說的背景與主題放在動亂時代，時代動亂的原因及最後

兩者的不幸發生，全歸罪於共產黨的破壞造成，描寫的技巧十分圓熟突出。

除了以上所介紹者外，讓我們再來看看軍中出身一些小說家的作品風格，例如司馬中原，他在臺灣著作相當豐富，成名作是《荒原》，其時他用「荒原」頗有假借西洋作家所寫的作品，像艾略特的《荒原》及惠特曼的《荒原》意義而來，這部反共小說，主要是在隱喻生活的荒蕪，同時也暗示了精神、時代社會的荒蕪。作品特色氣魄雄偉，語言表現，情節發展，往往暢然而下；至於自然景物的描摹細緻生動，心理刻畫深刻細膩，表達技巧明晰靈活。

再如朱西甯，他寫作風格嚴謹，文字處理十分成功，和前段介紹的司馬中原齊名，也屬軍中反共代表作家之一。另外段彩華也是出身軍中的重要小說家，作品內容大部分和反共或歷史人物故事有關。

在五〇年代臺灣的文壇上活躍的小說家，除了以上提到者外，其他隨政府來臺的女作家也不少，例如蘇雪林、謝冰瑩、郭良蕙、張秀亞、胡品清、嚴友梅、孟瑤、華嚴、琦君、童真、潘人木、張漱涵、繁露等，她們在文壇上的貢獻相當的大，平時除了自己的寫作外，並且還參加了各種藝文活動，推動婦女文藝寫作風氣，與本地的青年作家們聯誼演講，開啟了臺灣女性文學發展的道路！

臺灣的文學發展史，由於作家們頗能匯流與結合，加上政府的從旁激勵，於是一股文壇發展的新氣息便應運而生，漸漸地朝多元與開放的方向邁進！

（二）西化求新的現代派

當臺灣現代小說發展到六〇年代時，一股求新的氣息，由一批學院派的青年作者所掀起，他們吸收國外的新思潮、人生觀及文學主張，其間他們或其傾向於為藝術而藝術方面的執著，或西化反傳統，

在他們諸多的寫作模式上都是按照西方的理論與主張，然而這股求變西化的風氣，因而也對文學界產生了不少影響。

當然我們知道，一種文學的興起，必定有它產生的客觀原因，而至於六〇年代小說的蓬勃多元，當然也不能例外，就像齊邦媛教授所說的：「盛行於五〇年代的懷鄉文學似已話盡滄桑，代之而起的是精力旺盛的，求新的文學。六〇年代小說的量與質都有驚人的成就。最主要的是教育普及和提高。政治與經濟方面種種衝擊，與外面世界交往的增多，拓展了作家的視野，加強了對自己文化自省評識的需要。」[5]六〇年代作家們對文學求新而滌去五〇年代滄桑的風姿，主要是由於教育普及經濟政治的衝擊及作者對自己文化的評識需要，所以社會及大環境的變革，這些客觀的原因對文學風氣的影響，可說是有著不可避免的直接關係；再而在六〇年代期間，有不少的文學刊物相繼創刊，提供了足夠的發表園地，其中例如《現代文學》、《文學季刊》、《純文學》、《幼獅文藝》、《文壇》、《自由青年》、《青溪雜誌》及《文藝雜誌》等。

至於在六〇年代提倡現代化求新變的主要小說作家及其特色方面，首先例如白先勇，他的小說《臺北人》、《紐約客》及《孽子》，這三部書在內容上，可說表現出作者在創作技巧與思想藝術方面的重要價值與地位。

白先勇的小說《臺北人》在主題思想上，其實和《紅樓夢》頗有相似之處，曹雪芹的《紅樓夢》是以榮、寧二府由盛到衰，表現了封建王朝由強盛到衰弱的歷史狀況，而《臺北人》則是以多門第、多人物，由起家到衰落，概括了一個政黨由興盛到衰敗的經過情形。至於《紐約客》則屬於浪子的心路歷程，作者主要是描寫從臺灣到美國去

---

5 齊邦媛：《霧漸漸散的時候》（臺北：九歌出版社，1998年），頁49。

掏金的人們的悲慘遭遇和苦難命運。如果我們說《臺北人》中眾多的主要角色是歷史和時代的棄兒的話，那麼《紐約客》中的角色們則應該是漂泊異國的孤兒了。

其次作者的另一部作品《孽子》，它是一部長篇小說，是以同性戀為題材，表露出現代社會中的另一個陰暗面，它描寫的臺北人一些不肖子孫，其中比《臺北人》所描述的更為污濁，比如這批人物，平時常聚集在臺北新公園中，結成集團，常惹事生非，打架、鬥毆、賣淫、殺人等，無惡不作，因為他們的長輩在大陸失去了家園，到了臺灣以後，他們在社會中失去了窩巢，於是走入地下，在這樣一個陰暗的角落裡，做一些見不得人的勾當。但是，作者一再強調這是「王國」，然而，就整個的來說，白先勇的小說，他是以豐富的現代派的表現藝術的，關於這點論者們也有同樣的看法，白先勇在臺灣作家中，其在寫作的技巧表達手法上是結合了東、西方文學的表現手法及意識流的運用，突破了舊有的寫作模式，建立了更為深刻細膩的表達技巧。

現代派中的另一位小說作家——王文興，他主要以短篇小說為主，共有三個短篇集：《玩具手槍》、《龍天樓》和《十五篇小說》。其實在一九八〇年時出版的《十五篇小說》是前兩個集子的合集。讀王文興的小說，我們可以發現他寫作的一種特色，那就是「精省」，對於這一點，他自己也曾這樣說：「嚴格說來，中國至今還沒有幾個短篇小說算得真正的短篇小說，最主要原因在我們從不知『精』為何物，短篇小說，無論如何，必須作到文字、人物、事態、結構情節減至少而又少，只夠基本需要的地步，『精省』幾乎是一個短篇小說家的人格，這點如有瑕玼，其他概不必論。」由這段文字，便可以知道作者在對作品的要求上是極為講究「精省」的，然而在自己的作品的文字處理上也都做到了。例如他的小說《最快樂的事》，只有三百餘

字,小說中人物只有一個,故事情節也極為簡單,男主人翁離開床上的女人,呆望著天花板良久,接著是隔窗望向大街,額頭抵著冷玻璃,街上一切灰濛,最後是這位青年自殺身亡,小說情節簡單,文字精簡到了極點,當然作者是用象徵的手法來暗示一切都是灰暗的,題目《最快樂的人》也隱含了某種反諷的意味。至於其他《家變》及《背海的人》都是頗有模仿西方現代作品的表達方式來處理。其中的物象、氣氛或技巧表現都和中國方式不太相近;其次是作者在使用語言上都引起大家極大的注意,比如他常用一些文言白話混合的句式,尤其是在寫景時更是如此,所以從結構、技巧、表達、文字等方面都創立了獨特的風格。

王文興的小說在寫作上富有獨特的風格,而至於其他如陳若曦與歐陽子等則又各有不同的創作特色,首先如陳若曦,她除了寫短篇小說外,也寫長篇小說,其中短篇小說有:《尹縣長》、《陳若曦自選集》、《老人》、《城裡城外》、《陳若曦小說選》、《陳若曦中篇小說選》;長篇則有:《歸》、《突圍》、《遠見》、《二胡》、《紙婚》等,作品相當豐富,綜觀她在作品的題材和主題上多偏向於鄉土寫實,而至於表現方法上則偏向於現代,其實不論是鄉土或現代她都有涉及,所以我們可以說,她是跨越鄉土與現代之間的小說作家。至於她在中、長篇小說內容的表現上,常運用哲理為手段和象徵手法,主題表現得極為深刻,比如《紙婚》,便是明顯的例子。在另一篇小說《突圍》中,作者就採用了多層象徵手法,首先是以一種人物,命運的集體「突圍」;第二是小琴從「自閉」中向外突圍;第三是以小琴的「自閉症」來象徵李欣欣從不正當的情感和愛情關係中突圍等。所以當我們在讀她的這篇作品時會感受到層層象徵的特殊現象;還有陳若曦在文字的表達上極為清楚、生動、真實與細膩,在敘說的感染力方面也相當的強。

　　至於「現代文學」的另一成員——歐陽子，她在一九六七年結集
出版短篇小說《那長髮的女孩》，後來經修改，在一九七一年改名為
《秋葉》出版，書中收錄了短篇小說十四篇，其中的人物完全是現代
女子，而這些女孩子與他人的關係多半是不正常，甚或是反倫常的，
如果我們從文學藝術的觀點來看的話，歐陽子的小說成就主要是突出
地對人物心靈的剖析和探討。比如在《那長髮的女孩》的自序中就
說：「對於人類複雜微妙的心理，我一向最感興趣。我喜歡分析探究
人類行為的動機。因此，我的作品內容，常是敘述並解析一個人在某
種情況下，面臨某種難題時，會起怎樣的反應，會做怎樣的抉擇。他
之有此反映，作此抉擇，一定有其必然的道理，而這道理常可從他的
環境，他的過去，或他的天性中，追溯得出，分析得出。」在這段文
字中作者清楚地說明了自己創作的目的和動機，其實她寫作的主要重
心放在對人物心理的探索，而這種寫作方式是需要從心理觀點去細察
分析，找出人物內心的動向與起伏，再而她在寫作技巧上，可說突破
了舊有的窠臼，創立了自己的風格。至於在作品的結構與組織方面，
她也是相當重視的，她認為「一篇小說之為成功的藝術品，最重要的
莫過於具有嚴謹的結構，也就是說，一篇小說的組織元素，即人物、
情節、主題、語言、語調、氣氛、觀點等等，相互之間必須有十分密
切的關聯。」[6]我們在讀她作品時，的確有這樣的感覺，不論是人物
的描寫，主題的掌握，整篇小說發展的氣氛經營，或字句的用法及增
刪，對白用的詞的輕緩快速等都可看出作者的匠心，然而這也應該是
一種以西方文學理論為寫作基礎的求新表現藝術吧！

6　歐陽子：《移植的櫻花》（臺北：爾雅出版社，1993年），頁173。

（三）風格顯明的鄉土文學

　　從六〇年代進入七〇年代，由於大家深覺自己生存空間與環境的重要，個人的價值觀與心理認知已趨向多元化，然而對文學而言，在這時一股鄉土文學之風，便因而吹起，不論老作家或新作家，在小說的創作的量上相當可觀，內容與題材也超越了舊有的表達方式，活躍在這段時間前後的作家有：陳映真、楊青矗、黃凡、七等生、李昂、廖輝英、李喬、陳若曦、王禎和、黃春明、蕭颯等，以下就讓我們來介紹幾位較重要的小說家吧！

　　陳映真，他的作品在早期，大約從一九五九到一九六五年，作者曾自評這時候作品的內容為多偏憂鬱、感傷、蒼白而且苦悶，代表作品有〈麵攤〉、〈我的弟弟康雄〉、〈鄉村的教師〉、〈那麼衰老的眼淚〉及〈死者〉等，如果就其作品的內涵來考察的話，這時期陳映真似乎尚未深涉現實主義，仍徘徊在現代派與超現實主義的道路上，細讀他這段時間發表的作品，感受到大部份充滿著淒苦與無奈的氣氛，且小說中的人物多在離走或失敗後走向自殺的結局。

　　然而到了中期，一九六五年到一九六八年，他發表了〈將軍族〉、〈最後的夏日〉、〈唐倩的喜劇〉，這時期的創作風格和早期便有了極大的變化，作品偏向於寫實，並對現實的揭露，充滿了諷諭的色彩。後來在一九六八年，他正準備赴美國應愛荷華國際寫作中心邀請時，被當局逮捕，坐牢八年，他在牢中，創作了〈永恆的大地〉、〈某一個日午〉，出獄後又發表了〈賀大哥〉、〈夜行貨車〉和〈華盛頓大樓〉、〈上班族的某一日〉、〈鈴鐺花〉及〈山路〉等，作品內容與題材已朝更寬廣的方向發展，同時這時期他的小說可說融合了現實主義批判精神和現代派的象徵與暗示等法，建立了獨特且具藝術深度的風格，到此他的小說成就可說已到達了另一高峰。

　　黃春明，他早期的作品受到存在主義的影響，從發表作品以來，一直到他發表了〈看海的日子〉和〈鑼〉兩篇作品以後，才明顯地奠定了他以鄉土寫實為特色的風格。

　　他結集出版的小說集有：《兒子的大玩偶》、《鑼》、《莎喲娜拉，再見》、《小寡婦》和《我愛瑪莉》等，其實黃春明的小說題材及風格的改變而轉向對民族的關懷，應該是從七〇年代後期「鄉土文學論戰」以後才開始，而其中〈莎喲娜拉，再見〉、〈蘋果的滋味〉、〈我愛瑪莉〉便是以這種題材來表達的作品。

　　讀黃春明的小說，我們會發現，他在寫作題材的開拓上相當靈活，觀察入微，不斷變化與創新，擅長於用象徵手法來襯托人物心理，千姿百態，維妙維肖的描述技巧，更而有時也以辛辣的筆觸加以諷刺，鮮活明快，他那收放自如，細膩刻畫的手法真是天生的才慧。

　　王禎和，他早期的作品雖受現化派思想的影響，但並沒有把現代派視為寫作的永久堅持，不久便轉變方向，朝寫實主義的文學主張發展，作品的主題大部分是在反映小人物不幸的命運，並揭露社會上一些不合理的現象，所以他自己也曾說：「在寫一篇小說之前，我總提醒自己，別忘了基本的是非和原則，我會問自己，你站在什麼樣的立場說話？對於那些人，你該給予更多的關切和同情？而那些人又該給予譴責？寫這篇小說，我有什麼東西要與讀者共享？並且是有意義的共享？如果一個故事不合乎這些標準，我就不會去寫，因為沒有意義。」[7]在這裡明白地說出了他寫作小說的目的和原則。

　　王禎和結集出版的中短篇小說有：《嫁粧一牛車》、《三春記》、《香格里拉》、《寂寞紅》、《人生歌王》，長篇小說《美人圖》和《玫瑰玫瑰我愛你》等，都是屬於寫實主義的文學作品，他雖以這些鄉鎮

7　王禎和：〈第三屆時報文學週講演〉，《中國時報》1994年8月20日。

的小人物為寫作的題材，其實他是寄予悲憫與同情，很少是在旁冷觀或嘲諷的。

楊青矗，由於他多年在工廠工作，於是便把平日所看到的、聽到的，或感觸到的變為他寫作的題材，例如〈在室男〉、〈工等五等〉、〈天園別館〉、〈冤家〉、〈醋與醋〉、〈切指記〉、〈妻與妻〉、〈心癌〉、〈工廠人〉、〈工廠女兒圈〉及〈這時與那時〉等都是在反映中間城市市民的生活，或出身於中下層社會工人的卑微處境，甚或受到虐待，或不平的待遇的一種表述或反抗的心聲。

李喬，他的小說基本上都是取材於故鄉苗栗人的艱苦生活為主，或是描寫父老鄉親的不幸，在作品主題上來說，大部分都是屬於悲劇性的。在六〇年代他出版了《戀歌》、《晚晴》、《山女》及《人的極限》等短篇小說，長篇小說則有《山園戀》、《藍彩霞的春天》、《痛苦的附號》、《冤恨慘絕錄》及《寒夜三部曲》等，內容大都以家鄉的蕃仔林為寫作背景，給人一種充滿濃厚的鄉土氣息和現實感。

廖輝英，她出版的短篇小說集有：《油麻菜籽》、《不歸路》及《今夜微雨》，而長篇小說則有：《盲點》、《落塵》及《藍色第五季》等，其中〈油麻菜籽〉是她的成名之作，內容主要是在刻畫一個傳統女性的婚姻生活，舊式婦女在封建的婚姻路上飽嚐不幸，而現在又面臨轉型期的社會情況下，又不能接受新的戀愛觀念的一種矛盾的心理，結果唯有接受命運，「查某囝仔是油麻菜籽命，落到哪裡就長到哪裡」，另一方面又要認命勤儉持家，教育子女等的家庭倫理以及婦女在現代社會變遷下的各種心理衝擊。當然作者能成功地抓住這新、舊社會遞變下的婚姻觀念作為寫作的題材，刻畫婦女們在心理上的轉變與感受，這應該是具有相當大的社會意義的。

作者其他作品的主題，大致也是從社會轉型，家庭和婚姻的變遷，或家庭和婚姻產生鬆動不穩固等情節為架構，雖突顯現代社會的

現狀，然也提示了大家有關人際間的關係處理，於是我們從她的小說中，可以瞭解作者社會閱歷相當的豐富，冷靜觀察，對主題深入的描述與刻畫。

李昂，她在讀高中時就已經開始創作，曾發表〈花季〉，接著又發表〈人間世〉，揭露了臺灣在教育上的一些弊病，因而受到了大家的矚目。她結集出版的短篇小說有：《混聲合唱》、《愛情實驗》、《人間世》、《殺夫》、《她們的眼淚》、《暗夜》及《一封未寄的情書》等，李昂是一位對社會看法深入，且批判意識很強的小說家，她曾經這樣說：「隱瞞與遮掩社會、政治、人性的真實性（當然包括黑暗面）假裝看不到問題而認為問題不存在，即是一種不道德的行為，是一種虛偽與偽善，……一個作者就不應該因為考慮與世俗的道德或利益衝突，而放棄勇於反映與表現真實的責任。」[8]由此可見她是一位忠於生活，忠於現實，不虛偽，不隱瞞，追求真實性，勇於反映及表現真實的作家，所以在她的作品裡能掌握主題，對一些不合理的社會現狀，或年輕人的性問題，在作品中都大膽地表現出來。

臺灣文學當進入七〇年代後，社會發展快速，作家們逐漸感到自己生存環境的重要，於是開始關懷族群，疼惜鄉土，彼此不論在看法或思考問題上都非常的敏銳深入，例如在前面所列舉的部分代表作家，他們在作品中都有顯明的寫作風格和思想內涵，作品風格對一位作家來說是非常重要的，它猶如一個人的內在個性一樣，所以當我們讀到他們風格顯明的作品時，同樣的猶如看到我們堅實的鄉土，活潑的族群，多元的文學一樣！

8　李昂：《我的創作觀》。

（四）結構突出，類型多元

從八○年代到九○年代，這段期間，臺灣社會進入了四十年來未有的重大變革，政黨解嚴，經濟轉型，開放報禁，文化生活提昇，海峽兩岸交往等，在這些不同的變遷的情況下，同樣的也影響了臺灣文學的內涵及寫作題材的轉變，呈現多元化發展的趨勢，作者朝多元攝取，文學類型增多，內涵也隨之寬廣，比如政治小說、都市小說、女性小說、原住民小說、性小說、後設小說、鄉土小說或臺灣語小說等紛紛出現，一時成了大家關注的焦點。

例如：張系國、黃凡、李喬、林雙不、陳映真、楊照、李渝、宋澤萊、吳錦發等人都發表了不少描寫當代、或歷史上重大的政治事件的小說。除此之外，在九○年代受人注意的是女性小說的蠭起，由於臺灣近些年來女性經濟地位與教育普及，女性在各行各業嶄露頭角，帶領事業發展，表現突出，而文學界更是如此，她們鋒芒四射，著作可觀，活躍的女性作家如：朱天文、朱天心、張曼娟、成英姝、蕭麗紅、蘇偉貞、李昂、蕭颯、廖輝英、袁瓊瓊等，她們的作品都各具風格與特色，在小說的表現手法上，有寫實的，也有探索女性情慾真貌為主題的，或描寫社會黑暗現狀、同性戀、亂倫、雙性戀等，解嚴後的臺灣小說界，的確呈現一片多元的景象！

可是在這期間有一點要特別一提的是，在多元共存的原則下，共創世紀新文化，明顯的例子如雅美族夏曼・藍波安發表了《八代灣的神話》、泰雅族游霸士・撓給赫寫了《天狗部落之歌》、鄒族巴蘇亞・博伊哲努著《臺灣原住民的口傳文學》等，都能把一些原住民的真實故事，或族人的民間歷史、傳說作為小說寫作的題材，表達了他們明朗活潑的精神與內涵，受到相當的重視。

然而就整體來說，臺灣文學發展到九○年代，小說的寫作內容、

題材、風格、結構等都較六、七○年代來得顯明突出、複雜與多變，展現出不同時期的文學類型與風貌。

結語

　　中國新文學從五四開始興發以來，它對整個新文學的發展和影響可謂鉅大且深遠，在大量翻譯外國文學名著，把國外的文學內涵與寫作技巧介紹到國內，於是開啟了大家的認識，鼓吹新觀念與理想，摧破了舊有的束縛，大家自由開放地發表作品，從點、線到面的發展，開拓了寫作的領域，於是一種追求題材多元，內涵深邃，轡構突出的文學風格也因而產生，這種文章風格，或許我們也可稱它為文章藝術吧！而其內涵的高低，其實是來自作者個人的才慧、文化素養、或生活體驗等多方面融攝後提昇而來的。

　　現代主義的發展，在時間上來說並不算長，可是從融會到出新，發展快速，然它卻傳承了優質的血統，其間雖經時間、空間的轉移或變遷，但還是可以清楚地認出它的輪廓和膚色，而這也是最可貴的地方。文學的發展常因環境的影響而有所不同，而近些年來，臺灣的大環境急速變革，這也或多或少直接影響到作家在寫作上的改變，例如朝多元攝取、重視人權、關心生存環境、思想內涵、描寫題材、風格表現、文章類型都已漸呈多樣化與複雜性，但是身為一位作家，他必須要有自己寫作的理念與立場，塑造獨有的風格，這樣才能建立文學特色，而這種文學特色，或許我們可以稱它為文學之美。於是我們就從題材多元、內容活潑中看到了新詩的表現美；從文字修辭、豐約入微中認識了語言運用的技巧；又從求變求新中瞭解了不同類型的小說在主題建構及取材表現上的藝術手法。

後記

　　在學校退休後，我除了趁著閒暇到國內外旅遊及做些公益之教學演講外，大部分時間都在書房裡整理過往在學校授課的講義，或在學術期刊及應邀在學術研討會上發表的一些論文文稿。清理分類還真花了我不少時間，其中對文字的增刪，或小標新訂、章節重擬等，大致分為思想、文學及佛學等三大類別。佛學方面，部分在二○二○年就已出版了《吉藏與三論宗及其在日本之流傳》一書，其他零篇及迻譯論稿，則在修潤中。而這次擬將出版的則為《文學新視域》，屬於文學方面，其中有長文，也有短論，都是我在教學外，撰寫累積的心得和看法，內容多元，撮舉同異、考察思辨、摘錄條整下來的文字，在時間上遠近不一，刊登時間都有標注清楚。

　　至於研究詩文的過程，多在課餘之暇，掌握短暫的時間，構思行文，其實長期以來這樣的模式已成了一種習慣，在如此磨練的情形下，也激越了自我對文學研探深淺不一的心得，不同風格文學特色的形成，跟作者的氣質、個性、才華有密不可分的關係。所以當在探討詩人作品時，須採取多元方式尋索，方能更透徹地理解其中之內涵及精神，這應該是不變的定律。

　　中國文學的世界浩如煙海，研探的途徑，萬殊不一，採取多元方式進行為最佳。例如在書中選錄了二篇文章，一為〈《古文真寶》在日本〉及〈謝枋得與《文章軌範》〉，這兩本古籍在日本甚受大家的愛讀。所謂漢籍是日本學界對中國古籍的稱呼，在日本的學界，漢籍的整理和譯介、註釋，其歷史由來甚早。在幕府德川時代，如儒學界的

伊藤仁齋、荻生徂徠古文派等就已經盛行，且成了一種學問在流行。
而關於日本漢籍的盛行與研究，世界有關漢學研究的學者們也都有論
文或專著出版，在臺灣周法高教授就有《漢學論集》（臺北：正中書
局，1972年12月），以及大陸葛兆光教授《域外中國學十論》（上海：
復旦大學出版社，2002年10月）。臺北國家圖書館也設有「漢學研究
中心」，並出版《漢學研究集刊》等，資料相當齊全，詳細地介紹世
界漢學的流通情形。此外，談到詩文的文章研究，宜多方比較，探索
考核，以明詩思之內涵底蘊，以辨析文學神思與體性，以達臻作家與
作品之構思所在。

　　以上僅就個人的研究心得及看法做了些許概括性之介紹，最後，
本書的出版感恩張晏瑞總編的規畫及編輯婉菁小姐的費心，謝謝。

余崇生

二〇二四年五月十日

於臺北困學齋

文學研究叢書 0800011

文學新視域

作　　者	余崇生
責任編輯	林婉菁
特約校對	蔡昀融

發 行 人	林慶彰
總 經 理	梁錦興
總 編 輯	張晏瑞
編 輯 所	萬卷樓圖書股份有限公司
排　　版	林曉敏
印　　刷	維中科技有限公司
封面設計	林琪涵

發　　行　萬卷樓圖書股份有限公司
　　　　　臺北市羅斯福路二段 41 號 6 樓之 3
　　　　　電話 (02)23216565
　　　　　傳真 (02)23218698
　　　　　電郵 SERVICE@WANJUAN.COM.TW
香港經銷　香港聯合書刊物流有限公司
　　　　　電話 (852)21502100
　　　　　傳真 (852)23560735

ISBN 978-626-386-092-6

2024 年 7 月初版

定價：新臺幣 360 元

如何購買本書：

1. 劃撥購書，請透過以下郵政劃撥帳號：
   帳號：15624015
   戶名：萬卷樓圖書股份有限公司

2. 轉帳購書，請透過以下帳戶
   合作金庫銀行 古亭分行
   戶名：萬卷樓圖書股份有限公司
   帳號：0877717092596

3. 網路購書，請透過萬卷樓網站
   網址 WWW.WANJUAN.COM.TW

大量購書，請直接聯繫我們，將有專人為您
服務。客服：(02)23216565 分機 610

如有缺頁、破損或裝訂錯誤，請寄回更換

國家圖書館出版品預行編目資料

文學新視域 / 余崇生著. -- 初版. -- 臺北市：
萬卷樓圖書股份有限公司, 2024.07
　　面；　公分. -- (文學研究叢書；0800011)
ISBN 978-626-386-092-6(平裝)

1.CST: 中國古典文學 2.CST: 現代文學 3.CST:
文學理論

820.7　　　　　　　　　　　　113005569